죠리퐁은 있는데
우유가 없다

일러두기

* 저자 고유의 글맛을 살리기 위해 일부 입말과 사투리는 그대로
  사용했습니다.
* 이 책에 인용한 저작물은 해당 저작권자의 허락을 받아 게재했
  습니다.

가난은 일상이지만 인생은 로큰롤 하게!

죠리퐁은 있는데 우유가 없다

강이랑 지음

비어 있는 삶이 나를 나아가게 했다

일본 오사카의 한 대학에서 9년 동안 어린이 문학을 공부했다. 삶의 새로운 방향을 모색하는 중에 마침 일본에서 어린이 문학을 전문으로 공부할 수 있는 길을 찾은 것이다. 그곳에서 동서양의 그림책과 동화책, 청소년 문학부터 옛이야기, 어린이 심리, 창작 등 어린이 문학 전반을 공부했다.

박사 학위를 마칠 때가 되자 하숙집은 온갖 자료로 가득 찼다. 내가 모은 것뿐 아니라 선생님과 선배, 친구들에게 받은 절판된 근대 문예 잡지, 오래된 동화책과 논문 등으로 꽉 차서 빈 곳이 없을 정도였다. 나는 충주에 있는 한 대학 연구소로 거처를 정하고 이 엄청난 양의 자료를 배편으로 보냈다. 한 달이 넘게 걸렸다. 그 후 소속이 바뀔 때마다 춘천으로, 서울 수유동, 옥수동으로 자료를 이고 지고 다녔다.

한 대학 연구소에서 근무한 지 2년 8개월이 지날 즈음, 갑자기 공황 장애가 찾아왔다. 살기 위해서는 스스로 또 다른 길을 열어 가야 했다.

우선 내게 맞는 더 작은 집을 찾아 이사하고 자료를 정리해야 했다. 다행히 용인의 한 도서관에서 1,200권이 넘는 책을 받아 주기로 했다. 기증할 책과 남길 책을 나누고, 보낼 책에 쌓인 먼지를 털고 닦는 것만으로도 꽤 많은 시간이 걸렸다. 이 시기를 기점으로 적을 두고 있던 일본의 학회 두어 군데도 정리했다. 곧 내 사유의 공간에도 빈자리만큼의 새로운 생각이 자라나기 시작했다.

직장을 나와 거처를 옮긴 후 논문을 쓰며 연구비를 투자 받기 위해 노력했지만 여의찮았다. 동화와 그림책 원고도 꾸준히 썼지만 출판으로 이어지지는 않았다. 생계를 위해 동화책을 바탕으로 한 심리 관련 강좌를 개설하고, 일본어와 그림책을 접목시킨 강의 프로그램을 짜기도 했다. 번역 일감을 찾고 아르바이트 자리도 알아봤다. 나는 뭐든 거리낄 게 없었다. 무엇이든 도전했다. 그렇게 7년이 흘렀다. 그동안 많은 사람에게 크고 작은 도움을 받아야 했다.

내가 에세이를 쓸 줄은 몰랐다. 어느 날, 산책을 하다가 문득 '나는 가난이 일상이구나' 하는 생각이 떠올랐다. 지금도 가난하지만, 한국에 막 돌아왔을 때는 더 가난했다. 그 당시에도 바닥이었지만, 지금도 바닥이다. 그럼에도 공부를 계속했고, 좋아하는 일을 하면서 살아남았다. 가난이 두렵고 무섭기도 했지만 부끄럽지는 않았다. 이 비어 있는 삶이 나를 한 걸음 한 걸음 나아가게 했다.

강이랑

목 차

contents

목차

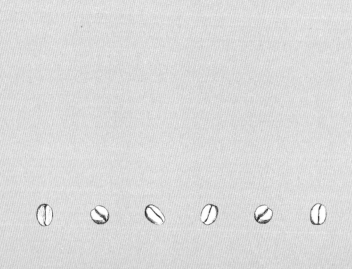

나눠도 더 가난해지지 않는다

이제는 우유 살 돈도 없다. 죠리퐁은 있는데 우유가 없다.
그러자 우유가 더 먹고 싶어진다.
그냥 죠리퐁만 먹기는 싫다.

내가 캔 달래는

자랑할 만한 일은 아니지만 내겐 가난이 일상이다. 당연히 없는 것이 많다. 집도 없고, 차도 없다. 장롱도 없고, 텔레비전도 없고, 식탁도 없고, 소파도 없고, 세탁기도 없다. 이렇게 쓰고 보니 참 아무것도 없는 인간 같다.

없는 것투성이지만 살 곳이 있고, 계절마다 입을 옷이 있고, 냉장고엔 소박한 먹을거리도 있다. 지인들은 때때로 옷과 식료품을 보내 준다. 자신들 물건을 사면서 내 것을 함께 주문하기도 한다. 친구가 준 침대에서 잠을 자고, 친구가 선물한 그릇에 음식을 담아 먹으며, 친구가 보낸 선풍기로 더위를 이긴다.

유학 생활을 마치고 막 한국으로 돌아온 때였다. 간신히 충주에 연구실을 확보해 책과 자료를 넣어 두고, 나는 단칸방에서 살면서 아침부터 밤늦게까지 연구실에서 생활했다.

어느 봄날, 나는 달래가 먹고 싶었다. 하지만 돈이 없었으므로 고민 끝에 들로 달래를 캐러 갔다. 달래 천지였다. 나는 달래를 캐고 또 캤다. 깨끗하게 다듬고 씻어 부침개를 만들고 된장국을 끓여 먹었다. 절반은 집주인에게 나눠 주었다. 입은 물론 마음까지 충족되는 맛이었다.

며칠이 지나 우연히 방송을 보는데 달래와 비슷하게 생겼지만 달래가 아닌 식물이 소개됐다. 그동안 달래를 잘 알고 있다고 생각했다. 어린 시절 온 밭을 헤집고 다니며 나물을 캔 이력이 있으니까. 그런데 아무래도 이번에 내가 캔 달래는 달래가 아닌 모양이었다.

방문을 벌컥 열고 나가 주인아주머니를 찾았다. 달래를 드셨냐고 묻자, 맛있게 먹었다고 했다. 아아, 우리가 먹은 식물은 무엇이었을까. 달래든 아니든 우리 모두 맛있게 먹을 수 있었으니 감사한 일이다.

오늘도 가난한 나는 선풍기 바람으로 더위를 달래며 내가 나눌 수 있는 넉넉함에 대해 곰곰이 생각해 본다. 이름 모를 그 식물처럼 나 역시 마음 아픈 사람들이 입맛을 찾고 삶의 빛을 발견하도록 돕는 먹을거리가 되고 싶다. 물질이 아니라 영혼의 자양분이 될 수 있다면 얼마나 좋을까.

친구 집으로 피서 가기

우리 집에는 에어컨이 없다. 월요일부터 금요일, 폭염이 극에 달하는 오후면 나는 근처 작은 도서관으로 피서를 간다. 작지만 전면이 그림책으로 빼곡히 채워진 그곳에 서 독서를 하고 글을 쓰다 보면 순식간에 반나절이 지나 간다. 문제는 토요일과 일요일이다. 가까운 카페에 가는 것도 한두 번이라, 폭염이 기승을 부리는 날에는 친구들 이 "이 더위에 어찌 지내? 우리 집으로 와." 하며 걱정한 다. 토요일, 나는 중학교 동창 친구네로 피서를 간다.

친구는 점심으로 삼계탕을 사 주고, 마트에 들러 함께 먹을 복숭아 한 상자도 산다. 나는 친구의 양산을 꺼내

키가 큰 친구에게 씌워 주려고 애를 쓴다. 친구는 그늘로 걸어가니 괜찮다고 한다. 친구 집 거실에서 에어컨을 켜 놓고 학창 시절 추억을 떠올리거나 세상 돌아가는 이야기를 한다. 나를 생각하며 준비한 과일과 음료수, 쾌적하기 이를 데 없는 방 온도, 마음 편한 친구와의 수다는 졸음을 불러오지만 눕는 시간조차 아깝다. 천국이 따로 없다.

저녁이 되어 나는 돌아갈 준비를 하고, 그사이 친구는 포도와 복숭아를 챙겨 건넨다. 우리는 함께 저녁노을을 보러 나간다. 친구네 동네 육교에서 보는 석양은 우리 동네 석양과 비슷한 듯 다른 분위기다. 내가 우리 동네 산책길에서 석양을 바라보며 감탄할 때, 친구는 이곳에서 석양을 보고 있었던 것이다. 역시 우린 친구다.

한참 석양에 몰두해 있는데 전화가 온다. 같이 그림책 공부를 하는 동네 지인이다.

"어디예요? 옥수수 삶았는데 먹을래요?"

물론 먹겠다고 답한다. 전철을 타고 집에 도착한 나는 부랴부랴 짐을 내려놓고는, 친구가 준 복숭아를 몇 개 챙겨 든다. 벌써 밤 아홉 시다. 나는 발걸음을 서두른다. 지인 부부는 내게 껍질째 삶은 옥수수에 감자와 호박까지 든 쇼핑백을 건네고, 나는 복숭아를 내민다.

옥수수를 받은 곳에서 1분도 안 되는 거리에 최근 이사 온 또 다른 지인이 있다. 함께 공부하며 친하게 지내는 연구자 친구의 후배다. 옥수수를 나눠 주러 간다. 그런데 후배의 손에도 묵직한 비닐봉지가 들려 있다. 수건 꾸러미다.

며칠 전 친구가 후배에게 집들이 선물로 수건을 보냈는데, 잘못 주문해서 너무 많이 갔다며 나더러 하나 쓰라고 했던 메시지가 떠오른다. 수건을 받아 들고는 마침내 집으로 돌아온다.

얼굴이 땀범벅이다. 샤워를 하고, 옥수수 껍질을 벗겨 먹는다. 소금만 넣어 푹 찐 건강하고 소박한 맛이다. 밤 열 시가 넘었지만 나는 곧바로 하나를 더 먹는다. 그리고 방 한편에 둔 수건 꾸러미를 본다. 다섯 묶음짜리

두 개다. 오늘 피서를 가 함께 시간을 보낸 친구에게 전화를 걸어 묻는다.

"다음 주 토요일에도 너희 집에 가도 되냐?"
"와. 언제든지 와서 쉬어 가."

다음 주 토요일, 나는 수건 한 꾸러미를 들고 다시 친구 집에 가서 에어컨 바람을 쐴 것이다.

복숭아도, 옥수수도, 수건도 내 것이 아니었다. 살며시 선풍기를 꺼 본다. 열린 창으로 시원한 바람이 들어온다. 바람마저 공짜로 얻은 오늘, 나는 부자다.

죠리퐁은 있는데 우유가 없다

전주에 사는 친구가 죠리퐁 한 박스를 보냈다. 많이도 들었다. 나는 죠리퐁을 주인집, 옆집과 나누고 근처에 사는 지인에게도 몇 봉 선물했다. 친구가 죠리퐁을 보낸 것은 이번이 두 번째다. 죠리퐁은 우유에 타 먹으면 한 끼 요기가 된다. 물론 간식처럼 그냥 먹어도 되니 이래저래 유용하다. 처음 한 박스를 받았을 때는 하루에 한 봉지씩 그냥 먹기도 했는데 지금은 우유에 타 먹는 게 제일 좋다.

친구는 내가 서울예전 문예창작과를 다니던 스무 살에 처음 만났다. 친구는 그때 열아홉 살이었다. 우리는 지하철 가판대에서 신문을 파는 아르바이트를 했다. 지하철 4호선을 타고 신문을 팔기도 했다. 사회에서 만난 오래된 친구다.

지금은 같이 글을 쓰는 글동무다. 친구는 에세이를, 나는 동화를 써서 보여 주며 의견을 묻는다. 우리는 응원하는 가수도 같다. 성격이 달라 다투기도 하지만 고된 시기마다 서로 의지하는 소중한 사이다.

친구가 죠리퐁 한 상자를 보낸 날은 연구비가 들어오기 직전이었다. 회사원으로 따지면 월급이 들어오기 직전의 가장 궁핍한 시기라고나 할까. 연구비는 석 달에 한 번씩 들어왔다. 돈이 생기면 우선 신세 진 분들에게 빚을 갚고, 밀린 월세를 낸 후 남은 돈으로 간신히 생활하곤 했다.

그런데 때가 되어도 연구비가 들어오지 않았다. 그나마 지인들이 보내 준 쌀과 김치가 있어서 냉장고에 있는 채소로 버티기에 들어갔다. 친구가 준 죠리퐁도 남아 있었다. 우유가 더해지면 중요한 한 끼가 된다. 한 끼는 밥,

한 끼는 죠리퐁과 우유. 이렇게 두 가지 메뉴로 버텨야 하는 것이다.

시간은 계속 흐르는데 연구비 입금 소식은 아직이었다. 나는 수시로 현금 인출기를 늘락거리며 통상 산고를 확인했다. 이제는 우유 살 돈도 없다. 죠리퐁은 있는데 우유가 없다. 그러자 우유가 더 먹고 싶어진다. 그냥 죠리퐁만 먹기는 싫다.

한계에 직면한 날, 언제나처럼 산책을 하는데 까치가 울었다. 깍깍깍 요란한 울음소리를 들으며 직감했다. 연구비가 입금됐구나! 서둘러 현금 인출기를 향해 발걸음을 옮겼다. 정말 돈이 들어와 있었다. 나는 곧바로 밀린 월세를 입금하고, 빌린 돈을 갚은 뒤 마트로 향했다. 이제 우리 집에는 죠리퐁도 있고 우유도 있다.

우유를 사서 마음껏 먹으니 이번에는 죠리퐁이 떨어졌다. 나는 마트에 가서 죠리퐁 한 봉지를 더 사 왔다.

그리고 지금 우리 집에는 죠리퐁도 없고 우유도 없다.

당분간, 아니 앞으로 꽤 오랫동안 죠리퐁과 우유는 안 먹어도 될 것 같다.

동심을 내어 주는 사람들

같이 공부하는 동료들이 가끔 내게 강의를 한 꼭지, 두 꼭지 내어 준다. 당장 먹고살 길이 막막하다는 사실을 아는 것이다. 나는 감사하게도 그들이 내주는 강의를 통해 돈을 번다.

친구들에게 물건만 얻는 게 아니라 강의 꼭지도 얻어 쓰는 셈이다. 춘천으로 충주로 다니며 강의도 하고, 친구들도 만나고, 맛있는 것도 먹고 돌아온다. 동료들이 커피와 케이크를 사고 지역 음식도 맛보어 준다. 나는 몸만 갈 뿐이다.

친구들이 내게 밭 한 마지기, 두 마지기를 내어 줄 때도 있다. 연구자에게 밭이란, 연구 주제 혹은 글감이다. 연구자에게 연구 주제만큼 중요한 것이 있을까.

가난한 나는 부끄러움도 없이 받는다. 그들이 건넨 한두 꼭지의 강의와 한두 마지기의 연구 주제는 나의 한 달 벌이, 한 해 벌이가 된다. 그런데도 나는 아픈 엄마 일로 정신이 없다며 논문 심사 의뢰도 거절하고, 만나자는 약속도 지키지 못하고 있다. 나는 가난한 데다 염치도 없는 모양이다.

내가 보답하는 길은 무엇일까. 곰곰 고민한 끝에 한 달에 한두 번, 친구들에게 일본어를 가르쳐 주기로 한다. 근대 문학 자료 중에는 일본어로 쓰인 것이 많아서 일본어를 할 줄 알면 연구할 때 큰 도움이 된다. 물론 그들이 원한다면 번역해 주는 일도 마다하지 않겠지만, 친구들이 자유롭게 자료를 술술 해독하길 바라는 것이다.

내 몫은 바쁘게 살아가는 그들이 가능한 한 재미있게, 그러면서도 자연스럽게 일본어를 배울 수 있도록 돕는 것이다. 고마움을 갚을 수 있는 가장 구체적인 행동이다.

우리는 모두 방정환을 연구하는 모임인 '작은물결' 소속이다. 방정환은 근대 시기, 동심을 온몸으로 나눈 분이다. 나는 우리 모임에도 동심이 살아 있다고 느낀다.

동심(童心)이란 단순히 아이의 마음일 뿐 아니라 나와 다른 존재를 귀하게 대하고, 우열을 가리지 않는 마음이다. 함께할 수 있음을 기뻐하는 마음이기도 하다. 동심을 지닌 동료들이 아니었다면 나는 결코 도움을 받지 못했을 것이다. 방정환 선생님이 지금 우리를 본다면 잘하고 있다고 말해 줄 것 같다. 나는 가난하고 염치없을 뿐아니라 '자뻑'도 살짝 있나 보다.

마음을 내어 주는 사람이 이리도 많으니 나도 동심을 지키고 나누며 살아가고 싶다. 집 근처 작은 도서관 창가에 홀로 앉아 여름 소나기가 한차례 휩쓸고 지나간 거리를 바라보면서, 역시 나는 가난한 사람이 아니라는 걸 깨닫는다.

도시락과 세 친구

일본에서 어린이 문학을 배우던 시절, 동기들 중 특히 친하게 지낸 일본인 친구들이 있었다. 아키타에서 온 유카, 시코쿠 다카마쓰에서 온 마나, 오키나와에서 온 미유키였다.

우리는 함께 미노 폭포를 구경하고, 다카라즈카에 가고, 교토 '철학의 길'을 걸었다. 그때마다 기념품 가게에 들렀는데, 친구들은 귀엽고 특이한 물건을 귀신같이 찾아내 사곤 했다. 하지만 나는 쉬이 살 수가 없었다. 마음에 든 물건 앞에서 고민할 때 유카가 날 보며 말했다. 언니는 지갑을 잘 열지 않는다고. 어쩔 수 없는 일이었다.

장학금을 받아 공부하는 나는 학비와 생활비만으로도 벅차서 귀엽다는 이유로 물건을 살 수는 없었다.

하루는 넷이서 기차 여행을 하기로 했다. 왕복 티켓은 너무 비싸서 편도 티켓만 산 뒤 기차를 탔다. 교토에서 출발해 일본에서 가장 큰 호수 근처인 오미이마즈 역을 지나 쓰루가 역에서 도시락을 사고, 바로 돌아오자는 계획이었다. 역을 벗어나지 않고 돌아오는 기차로 바로 갈아타면 적은 돈으로도 여행 기분을 낼 수 있을 것 같았다.

가을 하늘이 찬란하게 빛나는, 소풍 가기 좋은 날이었다. 창밖 풍경을 즐기다 보니 금세 도시락을 사기로 한 역에 도착했다. 친구들은 꽃게 초밥 도시락을, 나는 구운 고등어 초밥 도시락을 각각 고른 후 다시 교토로 가는 열차에 올라탔다. 열차는 텅 비어 있었다. 우리가 앉을 자리도 넘쳤다.

우리는 자리 잡고 앉아 도시락을 먹기 시작했다. '미니멀' 열차 여행 내내 마음 한편이 조마조마하면서도 어찌나 즐거운지. 이제 곧 교토였다. 도시락까지 먹은 우리는 푯값을 내야 할지도 모른다는 사실을 까맣게 잊었다. 그때 저 멀리서 역무원이 우리를 향해 다가왔다. 올 것이 온 것이다. 우리는 말없이 나머지 편도 비용을 지불했다.

역무원이 떠나고, 잠시 침묵한 우리는 이내 본연의 모습으로 돌아와 따스한 눈짓을 주고받으며 씽긋 웃었더랬다.

'언니'를 일본어 발음대로 '온니'라고 부르며 살갑게 다가온 친구들. 그들은 내가 볼 만한 만화책을 추천해 주고 자신들이 사는 지역의 사투리를 알려 주고, 내 발음과 문장을 교정해 주었다. 서로의 집에서 밤새 이야기하며 놀기도 했다. 그들보다 나이가 많은 나는 일찍 잠이 들곤 했는데 그때마다 유카는 내가 너무 빨리 잔다며 아쉬워했다.

미유키는 모두의 생일을 세심하게 챙겼고, 노래를 잘했다. 마나는 나를 자신의 고향인 다카마쓰로 초대했다.

쫄깃쫄깃한 우동 면발로 유명한 그곳은 유학 시절 내가 거주했던 오사카 다음으로 사랑하는 도시가 됐다.

한국에 돌아와서도 이들과 계속 연락하며 지냈다. 어느 날 마나로부터 청첩장이 날아와서 나는 한걸음에 달려 갔다. 미유키는 못 봤지만 유카는 만날 수 있었다. 오랜 만에 만난 우리는 많이 달라져 있었다. 그러나 인생의 한 시절을 함께한 동지였다는 사실에는 변함이 없다. 서로의 의미는 그걸로 충분했다.

나의 친구들은 지금도 각자의 자리에서 또 다른 친구를 만들며 현재의 삶을 이어 가고 있을 것이다. 이제는 연락이 끊겨 소식을 알 수 없지만, 이 믿음만큼은 분명하다.

우리 집에도 에어컨이 생겼다

폭염이 기승을 부린 어느 여름 오후, 나는 근처 도서관에서 독서와 글쓰기에 빠져 있었다. 갑자기 모르는 번호로 전화가 와서 받아 보니 에어컨을 설치하러 오겠단다. 주문한 적 없는 에어컨이 도착한다니 당황스러웠다. 수취인을 다시 확인해 봐도 내가 맞았다.

에어컨을 보낸 사람이 누구인지 물었으나 알려 줄 수 없단다. 기사님은 지극히 영업적인 톤으로 언제 설치하러 가면 될지 물을 뿐이었다. 기세에 눌린 나는 설치 날짜를 조율한 후 전화를 끊었다. 대체 누가 에어컨을 보냈을까? 아무리 더워도 누가 보냈는지 모르는 채로 에어컨을 받을 수는 없었다.

가장 먼저 생각난 사람은 스무 살 시절, 지하철에서 함께 신문을 팔았던 전주 사는 친구다. 친구에게 연락하니 현재 엄마의 간병으로 병원에 있다며 에어컨을 보내지 않았다고 했다. 다음으로는 가까이에 사는 중학교 동창 친구에게 연락했다. 그 친구 역시 자신은 아니라며 누구인지 궁금해했다.

나는 잠시 수색을 중단했다. 도무지 짐작 가는 사람이 없었다. 다시 도서관에 들어가 그림책을 읽고, 글을 썼다. 시간이 조금 지난 후, 누군가 떠올랐다. 한 달 전부터 하루 한 편씩 글을 주고받으며 서로 피드백을 건네는 방송 극작가 출신 선생님이다. 가난에 대해 쓴 글도 읽었기에 지금 내 상황을 누구보다 잘 알 것이다.

혹시 에어컨을 보냈느냐고 문자 아니란다. 난감했다. 그분도 아니라면 도대체 누구란 말인가. 그림책 강좌를 통해 친해져 가끔 쌀이나 음식을 보내는 선생님, 큰언니, 연구자로서의 고충과 먹고사는 문제에 대해 이야기 나누는 동료에게도 전화를 걸어 보았으나 모두 아니란다.

며칠 전 원격으로 열린 학회에 토론자로 참여한 일이 떠올랐다. 학회는 폭염이 극에 달했던 날, 그것도 가장 더운 오후 1시부터 6시까지 다섯 시간 동안 진행됐다. 에어컨이 없는 나는 선풍기를 켜 놓았는데, 내 차례가 와 말하는 중에 그 소리가 흘러 들어간 모양이었다. 진행자는 소리가 웅웅거려 내 말을 알아듣기 어렵다며 혹시 선풍기가 켜져 있느냐고 물었다. 할 수 없이 선풍기를 끄고 말을 이어 갔다. 겨우 10분이었지만 쪄 죽을 뻔했다.

그날 땀 흘린 나를 본 누군가일 수도 있겠다 싶어 학회 관계자에게 내 전화번호와 주소를 묻는 사람이 없었는지 확인했다. 그사이 내 형편과 에어컨에 대한 소문만 무성하게 퍼지고, 에어컨을 보낸 이의 실체는 여전히 오리무중이었다.

분명 필요한 물건이지만 누가 보냈는지 모른다면 나 또한 거부할 권리가 있다. 이탈리아 작가 에드몬도 데 아미치스가 쓴 동화 《엄마 찾아 삼만 리》에는 엄마를 찾아 이탈리아 제노바에서 아르헨티나로 여정을 떠나는 소년 마르코가 등장한다. 마르코는 엄마를 번번이 놓치고, 그 과정에서 지치기도 하지만 포기하지 않고 흔적을 쫓는다. 어찌 마르코의 여정에 비할 수 있겠냐마는 나역시 에어컨을 보낸 이를 찾아 삼만 리를 헤매는 아이가된 기분이었다.

에어컨을 선물한 사람은 그다음 날 아침에 밝혀졌다. 누가 보냈는지 모르니 에어컨을 취소해야겠다고 보낸 메일을 보고 연락을 준 것이다. 정체는 역시나, 에세이를주고받는 방송 극작가 선생님이었다.

'글쓰기 동무'라고 할 수 있는 선생님은 내가 어려운형편에도 주변 사람들과 나누는 모습을 인상 깊게 보았다고 했다. 그래서 자신도 나에게 가장 필요해 보이는물건을 주고 싶었다고 이야기했다. 주는 일에 관대한 사람이니 필요한 것을 선물하면 기쁘게 받아 주리라 생각했다는 것이다.

사실이었다. 여름의 찜통더위를 나름대로 잘 이겨 내고 있었으나 모든 인내에는 한계가 있는 법이다. 임계점에 다다르는 중에 에어컨이 생겼으니 어찌 고맙지 않겠는가. 선생님은 괜한 오지랖을 부린 것은 아닐까 걱정되어 모르는 척했다고 한다. 설마 그럴 리가. 좋은 일을 해놓고 괜한 마음까지 쓰게 했다니, 도리어 미안했다.

푹푹 찌는 서울 시내 한복판을 걸어와 땀범벅이 된 나는 집에 들어서자마자 서둘러 에어컨을 켰다. 순식간에 방 안 공기가 바뀌면서 생각으로 들끓던 나의 머릿속도 평정을 되찾았다. 오늘 받은 마음은 온전히 내 것이 아니라는 사실을 안다. 다시 누군가에게 보내야 비로소 내 것이 될 마음이다.

돈 쓸 일이 생겼다

나의 일상은 아주 적은 돈으로도 충분하다. 일본 텔레비전 프로그램 중 한 달에 1만 엔(약 10만 원)으로 살아 보는 코너가 있었다. 출연자는 하루 세끼 메뉴도 철저하게 계산해서 먹어야 했다. 정말이지 지독한 인내를 시험하는 도전이었다.

나도 비슷한 생활을 몇 번이나 해 봤다. 힘든 건 사실이다. 돈이 부족하면 일단 먹고 싶은 것이 많아진다. 평소 먹지 않는 과자도 먹고 싶어진다. 하도 쓰지 않아 이제 돈 쓰는 머리도 돌아가지 않는다. 집에선 고기도 먹지 않는다. 습관이 된 탓도 있지만, 비싸기 때문이다. 유학 생활 중에도 한국에 돌아와서도 정육점이나 마트에서 고기를 사 본 적이 없다. 다행히 채소만으로도 충분히 만족스러운 식사를 할 수 있다.

그렇다 보니 밖에서 음식을 사 먹거나 친구네 집, 고향 집에서 대접받을 때는 뭐든 남기지 않고 싹싹 잘 먹는다. 친구들에게는 이런 내 모습이 인상 깊은 모양이다. 음식을 남기려다가도 내가 떠올라 끝까지 먹는다고 한다. 이유가 무엇이든 일상 중 나를 생각한다니 반가운 일이다.

내겐 일본에서 산 9년이 긴 여행이나 마찬가지였기에 지금은 어디에 가고 싶은 마음도 없다. 물욕도 없다. 우리 집에는 있는 것보다 없는 것이 많다. 전자레인지, 세탁기 같은 가전제품 역시 없다. 그래서 전기세도 적게 나온다. 머리도 샴푸가 아닌 세숫비누로 감는다. 샴푸를 마지막으로 산 지가 언제인지 기억도 나지 않는다.

쓸데없는 물건은 아예 살 생각도 하지 않는다. 물건 하나에도 어찌나 쓰레기가 많이 나오는지, 꼭 필요하지 않은 물건을 덜컥 사면 오히려 스트레스를 받는다. 사지 않으니 스트레스받을 염려도 없다.

한마디로 나는 돈길을 잘 모르는 사람이다. 어떻게 하면 돈을 벌고 쓸 수 있는지 도통 모른다. 이렇다 보니, 아프면 큰일이다. 아프면 무조건 돈이 드니까. 힘든 운동은 하지 않지만 규칙적으로 햇볕을 쬐고 산책을 하러 나간다.

돈을 쓰기는 한다. 특히 친구들하고 시간을 보낼 때면 호탕해진다. 친구들은 내가 돈을 쓰게 내버려 두지 않지만, 내가 가진 선에서는 절대 아끼지 않는다.

속상한 일이야 있다. 조카들이 결혼할 때 목돈을 주거나 친척 아이들에게 그림책이나 동화책을 많이 사 주지 못하는 것이다. 어디 그뿐인가? 좋아하는 사람들에게 돈을 펑펑 쓰고 싶은데 도리어 신세를 지고 있다. 아, 글을 쓰다 보니 돈 쓸 일이 마구마구 떠오른다. 이러면 안 되는데. 초지일관 비록 돈은 없지만 쓸 일도 없어 일상에 만족하며 지낸다고 쓰고 싶은데…….

돈이 없으니 그렇게 믿는 게 아니냐고 말하는 사람도

있을 것이다. 하지만 지금껏 이렇게 살아왔고, 미련이 남는 순간은 거의 없다.

일단 돈을 벌어 보고 다시 말하는 편이 나을까? 그렇다면 나는 이제 돈 벌 일만 남은 셈이다. 그리고 돈이 생겨서 고마운 사람들을 위해 당당히 쓸 일만 남았다.

2

내가 쓸 수 있는 씨앗을 세는 날들

재미있는 글 스무 편을 쓴다.
길에서 만난 어린이 열 명에게 인사를 건넨다.
나머지 씨앗은 반으로 나눠
열두 개는 주변 사람을 기쁘게 하는 데.
또 열 개는 길에서 만나는 동물과 식물에
따뜻한 눈길을 건네고 고마움을 전하는 데 쓰자.

그래도 할 줄 아는 게 하나 있어서

가끔 진지하게 생각한다. 그래도 할 줄 아는 게 하나 있어서 다행이라고.

고등학생 때였다. 담임 선생님이 내일부터 일본어 수업을 한다며 교과서를 나눠 주셨다. 그날 밤, 나는 방에 홀로 엎드려 교과서를 펴고 생소한 일본어 글자를 골똘히 들여다봤다. 부드러운 곡선이 두드러지는 히라가나는 글자라기보다 그림 같았다. 잠이 많은 나지만 잘 생각도 잊고 밤새도록 히라가나를 따라 썼다.

다음 날, 첫 일본어 수업에서 나는 교과서를 펴지 못했다. 세상에! 교과서를 깜박한 것이다. 교실 맨 앞자리에 앉은 나는 금세 선생님 눈에 띄었다. 어제 나눠 준 책을 잊었느냐고 혼이 났다. 왜 두고 왔는지 나 자신도 몰라 어안이 벙벙했다.

선생님은 초록색 칠판에 하얀 분필로 히라가나를 하나하나 써 내려갔다. 전날 밤 본의 아니게 예습한 나는 선생님을 따라 히라가나를 술술 읽을 수 있었다. 선생님은 벌써 다 외웠냐며 기특해했다.

선생님에게 칭찬까지 받고 나니 어느새 일본어 수업은 내가 가장 좋아하는 시간이 됐다. 그때부터 일본어로 쓰인 것이라면 소설, 영화, 드라마, 노래 등 무엇이든 읽고 보았다. 일본어가 놀이터이자 세계를 확장시키는 도구가 된 셈이다.

대학을 졸업한 후에는 글쓰기 학원에서 아이들을 가르쳤다. 다양한 종류의 창작 그림책이 대중에게 막 소개되던 때였다. 아이들에게 그림책과 동화책을 읽어 주기 위해 일터 주변의 어린이 전문 서점을 들락거리면서 자연스럽게 어린이 문학의 매력에 빠져들었다.

학원에서 근무한 지 어느덧 3년, 만으로 20대 후반에 들어섰다. 친구들이 하나둘 결혼하고 자리를 찾아가는 와중에 나는 이도 저도 못하고 있었다. 막다른 골목에 다다른 듯 답답했다.

'앞으로 무엇을 하며 어떻게 살 것인가.' 하는 고민이 시작됐다. 미래를 상상하고, 동화와 그림책을 읽고, 글을 쓰는 데 매진했으나 앞길은 여전히 막막했다. 남들에 비해 잘하는 일도 없는 것 같고, 안갯속에 갇힌 듯 마음이 흐려지고 불안감에 짓눌렸다.

어느 날 안국역에 있는 일본문화원 도서관에서 일본의 다양한 대학과 학과를 소개하는 유학 잡지를 봤다. 아이들과 관련된 공부를 더 깊게 해 보고 싶었던 나는 관련 학과가 있는지 찾아보기 시작했다. 마침 오사카의 한 여자 대학에 아동문학과가 있었다.

집으로 돌아온 나는 그 대학에 편지를 보냈다. 더 공부하고 싶다고 생각하긴 했어도, 실제로 행동한 적은 처음이었다. '이게 내 길이다.'라는 느낌이 들었다. 몇 주 후 답장이 왔다. 나는 학교에서 일러 준 자격 요건을 살

피고 서류를 준비했다. 《은하철도의 밤》을 쓴 동화 작가 미야자와 겐지의 동화 원서를 필사하며 본격적으로 어린이 문학을 공부하고, 미야자키 하야오의 애니메이션을 보며 일상 회화도 익혔다. 모든 준비를 마친 나는 마침내 오사카로 출국했고, 그곳에서 9년을 살았다.

그래도 할 줄 아는 게 하나는 있어서 정말 다행이었다. 그 하나의 재능이 나를 아동문학과가 있는 대학으로 보냈고, 어린이 문학이라는 또 하나의 놀이터로 이끌었다.

울림을 주고받는 동료가 생겼다

연구소 일을 그만두고 〈동화로 떠나는 내면 여행〉이라는 제목으로 글을 쓰기 시작했다. 전공을 살려 동화를 심리학적인 관점에서 분석한 연구였다. 여섯 편의 글을 완성하고 나니 '이 주제로 강좌를 열면 어떨까?' 하는 생각이 들었다. 자신감은 없었지만 나의 장점을 어떻게든 알려 스스로 살 궁리를 하지 않으면 안 되었다.

강의 계획서를 작성해 지인 몇 명에게 보냈고 장소를 제공받을 수 있었다. 한 회당 만 원씩 4회 강의로 기획했는데 회차마다 따로 신청할 수 있어서 어떤 주제에는 신청자가 없기도 했다.

나는 신청자가 없는 날에도 갑자기 수강생이 올 것을 대비해 전철을 갈아타고 강의하러 나갔다. 수강생이 신청만 해 놓고 나오지 않아 강의실에서 두 시간 동안 혼자 멍하니 있다가 오는 날도 있었다.

다음 해에는 6회, 그다음 해에는 8회, 그리고 최근에는 10회로 횟수를 늘려 가며 총 네 번을 진행했다. 강의를 들은 인원은 모두 합해 열다섯 명. 돈만 따지자면 큰 수익은 아니었다. 그럼에도 계속 강의를 하는 이유는 동화책이라는 매개를 통해 영혼의 울림을 주고받는 사람들을 만났기 때문이다.

그림책 강좌도 꾸준히 진행하고 있다. 그림책은 혼자보다 둘이 보는 게 유익하고, 둘보다는 셋이 보는 게 재미있다. 그렇다 보니 유독 그림책을 매개로 꾸준히 만나는 동료가 많다. 연령대도, 성향도, 각자 하는 일도 다르지만 그림책을 중심에 두고 어린 시절의 기억이나 부모와 친구, 과거와 지금의 나에 대한 이야기를 주고받다 보면 자연스레 끈끈한 감정이 생겨났다.

그림책 번역 그룹인 '구름빛'도 그림책 모임에서 만난 세 명이 함께 만들었다. 모임 이름은 '그림책 속 다양한 이야기를 통해 인간 내면에 숨겨진 밝고 건강한 빛을 발견하는 사람들이 함께한다.'라는 의미를 담아 지었다. 해외의 좋은 그림책을 우리나라 아이들에게 소개하자는 목표로, 지금까지 열 권 이상을 함께 번역해 출판사에 투고하고 있다.

글자 수가 적다고 해서 그림책 번역이 쉬운 것은 아니다. 함축되고 은유적인 표현이 많은 데다가, 그림과도 잘 어우러져야 하기에 더 신중해야 한다.

우선 그림책을 각자의 스타일과 개성대로 번역한 다음, 가장 좋은 선택지를 골라 하나로 합친다. 세 명의 번역이 합을 이루어 가는 과정은 절대 쉽지 않지만, 딱 맞는 문장을 찾았을 때의 기쁨은 세 배로 크다.

물의 순환을 신화적인 세계관으로 풀어낸 아베 카이타의 그림책《물의 아이들(みずのこどもたち)》을 함께 번역할 때였다. 한 여성이 물을 마시고, 그 물이 몸속을 흐

르는 장면으로 시작된다. 이 중요한 장면을 멤버들은 각기 다르게 번역했다.

'몸속을 물이 흘러간다.'
'몸 안에 물이 흘러내린다.'
'몸 안을 물이 흐른다.'

함께 모아 비교해 보니 단어마다 미묘한 차이가 느껴졌다. 한 명이 '물이 흐른다.'라는 표현이 담백하고 사실적이어서 가장 좋다고 말했다. 일리 있는 말이었다. 조사를 바꿔 보고, 다른 단어들도 다시 살펴보며 의견을 나눈 끝에 '몸속으로 물이 흐른다.'로 번역했다. 모든 과정이 이런 식으로 의논을 거쳐 진행됐다.

나의 얼토당토않은 오역을 동료의 번역으로 알아챌 때도 있었다. 나라면 도저히 생각해 낼 수 없을 멋진 표현이나 새로운 단어를 동료가 제시했을 때의 놀라움이란!

그림책을 중심에 두고 이야기하다 보면, 자연스럽

게 각자의 개성을 존중하며 나와 다른 의견도 수용하게 된다. 조율하고 절충하는 시간이 필요하지만, 그럴수록 좋은 결과가 나온다는 사실을 알기에 갈등도 잘 이겨낸다.

처음 그림책 강좌를 기획할 때만 해도 이런 모임이 생기리라곤 예상하지 못했다. 내가 아는 것에 만족한 채 현실에 안주하고 어떤 시작도 하지 않았다면 나는 울림을 주고받는 지금의 동료들을 만나지 못했으리라. 스스로의 가능성을 믿고 행동하다 보니 주위에 같은 관심사를 가진 이들이 모였다.

아이들 덕분에 그림책을 만났다

그림책을 읽지 못하고 자랐다. 내가 어릴 적에는 그림책 종류가 적었던 데다 그림책을 마음껏 볼 형편이 아니었기 때문이다. 게다가 워낙 시골에서 자라 이야기를 눈으로 읽는 것보다 귀로 듣는 환경이 익숙했다. 그림책을 제대로 읽기 시작한 것은 성인이 되어 직장 생활을 하면서부터라서, 가끔 그림책을 보고 자라는 어린이의 세상이 궁금했다. 그 궁금증은 '그림책 읽어 주기' 클럽에서 풀 수 있었다.

유학했던 일본 대학에는 일주일에 한 번 유치원에 가서 아이들과 그림책을 함께 읽는 클럽이 있었다. 나는 입학하자마자 그곳에 가입했다. 외국인에 그림책 공부도 막 시작한 내가 말을 배우는 어린아이들에게 일본어로 책을 읽어 줘야 한다니! 연고도 없이 일본으로 유학간 것처럼 나는 가끔 무모한 용기를 냈다.

아이들은 좋아하는 그림책을 골라 내게 건넸다. 대부분 처음 보는 책이었다. 내가 아무리 일본어가 능숙한들 현지인 스태프들과 비교가 되겠는가. '더듬거리면 아이들이 싫어하지 않을까?', '외국인인 내게 책 읽어 달라고 하는 아이가 없으면 어쩌지?' 막상 읽어 주려니 부담이 밀려왔다.

걱정이 무색하게도 아이들은 있는 그대로의 나를 반겨 주었다. 어눌한 발음이나 억양은 전혀 신경 쓰지 않았다. 그림책을 함께, 즐겁게 읽으면 그만이었다. 아이들은 자신의 말에 성의껏 반응해 주는 것만으로도 기뻐하며 말을 건넸다.

눈도 하나, 귀도 하나, 팔과 다리도 각각 하나뿐인 아이가 등장하는 한국의 옛이야기 그림책 《반쪽이》를 읽어 주자 아이들은 신나서 질문했다.

"이름이 왜 '반쪽이'야?"

"여기 나오는 사람은 전부 머리카락이 기네요?"

"왜 여기서는 다리가 두 개지?"

"나 이 그림책 빌려 가도 돼요?"

아이들과 그림책을 읽으면서 알았다, 아이들이 그림 하나하나에 얼마나 집중하는지. 아이들은 줄거리뿐 아니라 그림 속 작은 특징, 등장인물의 성격 하나하나까지 세심하게 뜯어 보고 새로운 부분을 찾아내 어른과 이야기하고 싶어 했다. 나 혼자 그림책을 읽을 때는 몰랐던 즐거움과 발견의 연속이었다.

아이들과 자유롭게 그림책을 읽기 전에는 스태프들이 각자 주제를 정해 돌아가며 모두에게 그림책을 읽어 주거나 자기 이야기를 들려주는 시간도 있었다. 모두 개성 있게 프로그램을 진행했기에, 이미 아는 내용이라도 그들이 읽어 주면 마치 새로운 책을 만나는 기분이었다. 이 시간에는 나 또한 어린아이가 된 기분으로 집중했다. 그러다 보면 지금까지와는 전혀 다른 방식으로 그림책을 이해할 수 있었다. 아이들 덕분에 그림책을 새로 만난 셈이었다.

일본에서 공부한 9년 동안, 박사 논문에 집중한 기간을 제외하고는 모임에 빠짐없이 참석했다. 일본어 실력 때문에 걱정한 처음과는 달리 나중에는 다른 스태프와 2인 1조로 한 반을 통솔하거나 영유아반 수업을 이끌기도 했다.

아이들에게 그림책을 읽어 주면서 나는 아이들이 실제로 어떤 이야기를 좋아하는지 알게 됐다. 어린이를 어떻게 대해야 하는지도 몸으로 익혔다.

무엇보다 나를 있는 그대로 반겨 준 아이들의 모습은 어린이 문학을 공부하는 내내 나를 지탱하는 힘이었다. 아이들은 선입견이나 편견 없이 나를 대하고 바라봤다. 내가 한국 사람인지 일본 사람인지, 나이가 많은지 적은지는 상관없었다. 일본어로 번역되어 출판된 한국 그림책을 한 권 두 권 구입해 책꽂이에 채워 넣고, 함께 읽고 싶은 한국어 그림책을 직접 번역해 들려주자 내가 다른

나라에서 왔으며, 자신들과 다른 말을 쓴다는 사실을 서서히 인식해 갔다.

　아이들은 내게 사람을 대할 때의 자세를 가르쳐 주었다. 아이들이 언제나 내 스승이었다.

투자자는 단 두 사람

투자 설명회를 열었다. 설명회장에 모신 예비 투자자는 아버지와 엄마 단 두 분.

그즈음 나는 그림책을 만들고 있었다. 여러 편의 글을 완성해 출판사에 보내고, 글쓰기 모임 동료들에게 피드백을 받아 계속 수정했다. 하지만 그림책의 꽃은 단연 그림이었다. 글만 완성해 봤자 반쪽보다 못한 어정쩡한 상태로 남을 뿐이었다. 모아 둔 돈은 거의 떨어지고 일거리도 없어서 경제난에 빠진 상황이었다. 그러니 그림책 만들기는 어쩌면 무모한 꿈이었다.

경제적인 부분은 물론, 정신적으로도 나를 지지해 줄 조력자가 필요했다. 무작정 고향에 내려가 부모님에게 그림책 한 권을 보여 드렸다. 과거에 즐겨 했던 전통 놀이를 모아 설명한 그림책이었다.

지금은 중학생이 된 조카가 고향 집에서 태어나 어린 시절을 보냈기에 부모님도 그림책에는 익숙했다. 부모님과 어린 시절을 회상하며 그림책을 한 장 한 장 넘기고, 한참을 두런두런 이야기하며 시간을 보냈다. 그 후, 두 분을 상대로 이른바 '그림책 투자 설명회'를 열었다. 나도 이렇게 어린이는 물론 어른도 공감할 수 있는 그림책을 만들고 싶은데 혼자서는 도저히 불가능하다며, 도움이 필요하다고 강조했다.

두 분은 내 기세에 눌려 진지하게 설명을 들었지만 투자금 이야기로 들어서자 상황이 달라졌다. 귀가 얇고 사업가 기질이 있는 아버지는 더 적극적인 태도를 취한 반면, 신중한 엄마는 의심의 눈초리를 보냈다.

곧 아버지가 투자하겠다고 말했다. 엄마는 여전히 한

푼도 투자할 생각이 없는 얼굴이었다. 나는 다시 한번 이 사업이 얼마나 전도유망한지 설명을 이어 갔다. 물론 공략 대상은 엄마였다. 엄마는 꽤 깐깐한 투자자다. 이런 분이 직장 상사라면 괜찮은 기획을 가져가도 진행하기 쉽지 않다.

단도직입으로 50만 원 정도 투자할 생각이 있냐고 물었지만, 엄마는 계속 고개를 갸웃했다. 그렇다면 이제 감정에 호소할 시간이다. 딸이 어떻게든 해 보겠다는데 가장 가까운 관계인 엄마가 투자할 마음이 없으면 어떡하느냐. 이 사업, 힘들지만 분명 가치가 있다. 지금 만드는 그림책은 영유아부터 어르신까지 독자층도 넓다. 하지만 내가 글만 쓸 줄 아니 제약이 많다. 비용을 투자해 그림을 그리고 인쇄까지 하면 분명 승산이 있다 등…….

"한번 믿고 투자해 보시겠어요?"

감정에 호소하자 엄마의 표정이 좀 누그러졌다. 아버지는 여전히 얼마든지 투자하겠다는 태도였다.

"엄마 100, 아버지 100 어떠십니까?"

나는 재차 물었고, 마침내 아버지와 엄마 모두 '오케이' 사인을 보냈다. 다음 날, 아버지와 엄마의 투자 비용인 200만 원이 내 통장으로 들어왔다. 단 두 사람의 투자비 유치에 성공한 건데도 나는 천군만마를 얻은 기분이었다.

200만 원은 단순한 투자금이 아니었다. 두 분을 위해서라도 열심히 글을 써야 했다. 귀한 투자비를 갚으려면 무슨 일이 있어도 목표를 이뤄야 했다. 실제 작업을 진행하면서 상상도 못한 여러 난관에 부딪혔지만 괜찮았다. 그림책에 관한 작업이라면 뭐든 다 좋았기 때문이기도 하지만, 부모님을 대상으로 투자회까지 열어야 했던 절박함, 그리고 부모님이 200만 원과 함께 보낸 신뢰가 무의식의 기저에서 나를 고무하고 지탱해 준 덕분이었다.

7년 동안 한 골을 못 넣었다

자주 가는 산책로에 농구 골대가 있다. 어린아이부터 중년에 이르기까지 많은 사람이 여기에서 슈팅 연습을 한다. 백발백중 슛을 성공시키는 사람이 있는가 하면, 한 골도 넣지 못하는 사람도 있다. 둘의 공통점은 하나, 골대를 향해 쉼 없이 공을 던진다는 점이다. 던지고 또 던진다. 한 시간이 넘도록 주야장천 슛 연습만 하는 사람도 있다.

대학 연구소를 나와 창작에 전념하기 시작한 나는 출판사 문을 무던히 두드렸다. 결론은 7년 동안 한 골을 못 넣었다. 축구, 농구처럼 골대가 있는 종목은 모두 공을 넣는 연습이 필요하듯, 어쩌면 내게도 지난 7년은 연습 기간이었는지 모른다.

글 쓰는 내게는 출판사가 골대나 마찬가지다. 수도 없이 공을 던졌지만, 골대를 맞고 엉뚱한 곳으로 튕겨 나가기 일쑤다. 그물망만 살짝 건드리고 빗나갈 때도 있지만 골대에 한참 미치지 못하는 경우도 많았다.

나는 계속 슛을 던진다. 백 번이고 천 번이고 던지다 보면 언젠가 공이 들어갈 테니까. 던지지 않으면 골인 찬스조차 없다. 무엇보다 나는 쓸 만한 공을 가지고 있으며, 그 공이 반드시 골대에 도달하리라는 믿음이 있다.

나는 그림책을 사랑한다. 수십 년간 어린이 문학을 연구하며 그림책을 보고, 글을 쓰고, 강의해 왔다. 다른 사람의 글을 평생 읽다 보니 이제는 내가 쓴 그림책으로 아이들과 소통하고 싶다는 마음이 생겼다.

하지만 그림책은 그림과 글이 만나 탄생한다. 한 작가가 그림책 한 권을 전부 완성하는 경우도 많지만, 그림

그리는 사람과 글 쓰는 사람이 협업하기도 한다. 그림 그리는 재주가 없는 나는 먼저 그림 작가를 향해 공을 던져야 한다. 내 글에 공감하며 함께 작품을 완성할 작가를 만나기란 쉬운 일이 아니다. 그렇지만, 결론부터 말하면 그림책 더미북(샘플 책) 두 권을 성공시켰다.

이 더미북 두 권은 나에게 골인 찬스를 줄 공이다. 무척 크고, 탱글탱글하다. 혼자 힘으로 만들어 낸 공과는 비교도 할 수 없을 만큼 좋다. 협업으로 얻어 낸 이 공이 자랑스럽다. 이제 골대를 조준하고 던진다. 단번에 튕겨져 나오지만 괜찮다. 공은 끄떡없으니까. 천 번 만 번 던져도 바람은 빠지지 않는다. 나는 다시 한번 내 손으로 쥔 공을 본다. 멋지다. 이 공이 들어갈 곳은 오직 골대다.

가까스로 얻은 공으로 슛을 던지며 인생을 배우고 있다. 골대로 미끄러져 들어간다면 공은 나만의 것에서 모두의 것이 되는 셈이다. 이 공이 나만큼 누군가를 행복하게 만든다고 생각하면 온몸이 짜릿하다. 내 공이 모두의 것이 되는 그날을 기대하며 지치지 않고 슛을 날린다.

그리고 이 글을 쓴 즈음에 나는 드디어 한 골을 넣었다.
7년 만에 한 골을!

갑자기 공황 장애가 찾아왔다

여느 때처럼 연구소 일을 끝내고 집으로 돌아가는 길이었다. 버스를 탔는데 갑자기 숨이 막혔다. 1분 1초도 더 있을 수가 없었다. 그냥 아무 데서나 내렸다. 공황 장애가 온 것이다. 연구 과제를 마무리하고 퇴사하기 딱 한 달 전이었다.

평소 한 시간 반 걸리는 출퇴근 시간이 세 시간, 다섯 시간으로 늘어났다. 버스를 타고 가다가 내려서 두 시간을 걷고, 지하철이 힘들어 택시를 탔다가 그마저도 중간에서 내렸다.

정확한 이유는 알 수 없지만 짐작은 갔다. 어쩌면 일

본에서 공부할 때부터였을 것이다. 학부 3학년으로 편입했지만 1, 2학년 수업도 한꺼번에 듣고 싶은 욕심에 시간표를 무리하게 짰다. 스쿨버스 시간을 놓치면 수업을 들을 수 없었다. 늘 시간에 쫓겼지만 당시에는 배우는 즐거움이 더 컸다.

한국으로 돌아와 몇 년 동안은 개인 과제와 다른 연구 일을 병행했다. 그러나 마지막 연구소 생활은 조금 달랐다. 반드시 성과를 내야 했으며, 내 역량을 능가하는 일 또한 해내야 했다.

"네가 일본어를 잘해서 취직된 거지?"
"맞아. 일본어로 들어간 거지."

연구소에 취직했을 때 엄마가 한 말이 잊히지 않았다. 나도 곧바로 수긍하긴 했다. '어린이 문학'이라는 전문 분야가 아닌, 부가적인 능력이라고 생각한 일본어 덕분에 일자리를 얻은 것이었다. 어쩌면 연구소에서 처음으로 내 모습을 직시한 셈이다. 내 앞에 펼쳐진 현실까지도.

나는 연구소의 다른 사람들처럼 다양한 능력을 지니고 있지 않았다. 일본어를 할 줄 알고 어린이 문학을 오래 공부한 게 다였다. 나는 마치 실험을 할 때처럼 한 가지 일에 몰두할 뿐 다양한 일을 한꺼번에 해내지는 못했다. 대학이 원하는 인재가 아니었다. 적은 금액이지만 규칙적인 수입원인 대학 연구실을 그만두는 순간, 가난은 더욱더 심해질 게 분명했다. 다른 연구실을 찾을 것인가, 아니면 새로운 도전과 함께 공부하고 싶은 분야에만 깊게 파고드는 연구자의 삶을 선택할 것인가. 갈림길에서 나는 결심했다.

돈이 없어도 좋다. 피 터지게 가난해도 괜찮으니 좋아하는 일을 계속하고 싶다. 부모님이 실망하더라도 어쩔 수 없다. 주위 사람들이 어떤 시선으로 보든, 나는 나만의 길을 가련다.

이런 결심을 알아차리고 현재 상황에 머물지 못하게 하려는 듯 기막힌 타이밍에 공황 장애가 찾아왔다. 집에서 나올 때는 괜찮았는데 돌아갈 때는 대중교통을 이용

하기 힘든 날이 반복됐다. 지하철역 안에서 몇 시간이고 괜찮아질 때까지 기다리다가 안 되겠다 싶으면 그냥 걸어서 갔다.

하루는 인사동에서 일을 마치고 집으로 가는 지하철에서 증상이 나타났다. 도저히 걸어갈 힘이 없어 지하철을 내렸다 타길 반복했다. 그러다 옆에 서 있는 여자 분에게 말했다. "제가 공황 장애 때문에 힘들어서 그런데, 잠깐 옷자락을 잡고 있어도 될까요?" 그분은 가만히 고개를 끄덕였다. 그것만으로도 숨을 쉴 수 있었다.

어느 날 갑자기 찾아온 공황 장애는 마찬가지로 어느 날 갑자기 사라졌다. 살 만했다. 나는 여전히 가난하지만, 여전히 살아 있다. 이걸로 족하다.

씨앗 세기

"햇살과 비와 바람만으로 이렇게 많은 씨앗을 품었다니. 몇 개나 들었을까. 한 스무 개? 한번 세어 볼까?"

늦가을, 들판 벤치에 앉아 있는데 옆자리의 두 사람이 마리골드 꽃을 보며 대화를 나눈다. 쫑긋 귀를 기울인다. 나도 마리골드 씨앗을 세어 본 적이 있어서다. 마른 꽃봉오리에 씨앗을 가득 품고 있는 모습이 놀라워 세어 보니 마흔다섯 개인가, 예순 개였다. '스무 개는 훨씬 넘을 텐데.' 나는 속으로 대답한다. 옆에서 하나, 둘, 셋 차분히 숫자를 세기 시작한다. 스물, 마흔……. 예순이 넘도

록 계속 세다가 마침내 "여든!" 한다. 여든 개라니 많기
도 하다.

옆자리 사람들이 떠난 뒤 나도 잘 여문 꽃봉오리를 따
서 흙길을 걸으며 하나하나 뿌려 본다. 이번에는 쉰두
개다. 작은 꽃송이 하나마다 쉰 개가 넘는 씨앗이 담겨
있다면, 가지가 휘어질 듯한 꽃나무는 얼마나 많은 씨앗
을 품고 있을까? 그 많은 씨앗이 흙에 뿌리를 내리고 꽃
을 피운다면 그 또한 놀라운 일이다.

씨앗처럼 내 안에 세상을 위해 할 수 있는 무언가가
있을까. 쉰두 개는 고사하고 하나도 바로 생각나지 않는
다. 지난봄, 길가에 버려진 마리골드 세 줄기를 집으로
가져와 화분에 옮겨 심은 적이 있다. 잘 자랐으면 하는
소망과 달리, 간신히 꽃 몇 송이를 피워 냈을 뿐이다. 나
역시 내 한 몸 건사하지 못해 버벅대는 나날이지 않은가?

나는 지금 당장 쓸 수 있는 씨앗만 생각해 보기로 한다.

재미있는 글 스무 편을 쓴다. 길에서 만난 어린이 열 명
에게 인사를 건넨다.

나머지 씨앗은 반으로 나눠 열두 개는 주변 사람을 기쁘게 하는 데, 또 열 개는 길에서 만나는 동물과 식물에 따뜻한 눈길을 건네고 고마움을 전하는 데 쓰자.

이 씨앗들은 마음만 먹으면 곧바로 싹 틔울 수 있다는 확신이 든다. 그러려면 우선 내가 꽃을 피워야겠지. 몸과 마음이 건강하도록, 스스로 살길을 찾아 나가야 한다.

나는 오늘 에세이 두 편을 썼고, 두 명의 아이에게 인사했다. 친구 두 명에게 연락해 사랑한다는 말을 건넸으며, 골목에서 노는 이웃집 아이, 할머니와 오늘 하루 잘 보내라는 말을 주고받았다. 산책길의 동식물에도 고마워했다.

별다른 일은 없지만 내가 할 수 있는 일을 세어 본 것만으로도 어제보다 더 큰 충만감이 나를 감싼다. 마리골드 꽃 한 송이에서 나온 씨앗이 내게 불어넣은 힘이다.

어른으로 사는 법

나는 아이들이 좋다. 현실에서 만나는 아이도 좋고, 텔레비전으로 보는 아이도 좋고, 그림책 속 아이도 좋다. 조카의 어린 자녀도 좋고, 친구의 자녀나 조카도 좋고, 일로 만나는 아이도 좋다. 어린이 문학을 공부하길 잘했다고 자주 생각한다.

아이들은 지금 하는 일이 세상의 전부인 듯 몰두한다. 나도 가끔 아이가 된다. 다른 생각은 잊고 지금 마주한 존재와 일에만 몰입한다. 내 앞에 있는 존재의 영혼을 느끼면 생각지도 못한 결과물이 나온다.

무거운 물건을 들고 가거나 멀리 외출했다 돌아오는

길에 동네 놀이터에서 잠시 쉬며 아이들이 노는 모습을 구경한다. 어른으로 살기 참 피곤하다는 생각을 하면서. 어른처럼, 어른스럽게, 어른답게 살지 못하는 사람이 너무 많다. 사실 '아이처럼'보다 '어른처럼' 사는 일이 더 어렵게 느껴지기도 한다.

실제로 어른답게 살기란 그리 쉬운 일이 아니다. 내 안에서도 수시로 어른답지 못한 모습이 튀어나온다. 운전도 못하고 집도 없고 고정 수입도 없는 나를 어른스럽지 못하다고 생각하는 사람도 있겠다. 그래도 나는 글을 쓰고 누울 공간이 있으며, 고정 수입은 없지만 굶지는 않는다. 많지는 않지만 단발적인 일로 돈을 벌기도 하고, 복잡하고 힘든 연구도 해낸다.

결정적으로 나는 내게 상처 준 존재를 이해할 줄 안다. 상처를 받았다고 해서 앙심을 품지 않을뿐더러, 다른 사람에게 화풀이하지 않는다.

아이들은 좋아하는 책에 집중하거나, 구름의 변화무쌍

한 움직임, 바람 소리와 빗소리에 빠져 방금 전의 아픔과 슬픔을 잊곤 한다. 따라서 어른이 마음 쏟을 대상이나 자신만의 감정 해소법을 찾지 못하고 부정적인 감정을 완전히 드러내면 나이나 부, 지식과 상관없이 '어른답지 못한 사람'으로 여겨질 뿐이다.

아이는 모두 성장하는 힘을 지니고 태어난다. 자신 안에 갇혀 불평만 하는 어른은 타고난 강점마저 잃는 것이다.

어른으로 산다는 게 무엇인지 한마디로 정의하지는 못한다. 다만 나는 아이의 좋은 특성과 어른의 좋은 특성을 알 뿐이다. 그것을 내 것으로 가져와 때로는 아이처럼 유연하고 탄력 있게, 때로는 어른처럼 단단하게 사람들과 대면하려 한다. 무엇보다 잘못된 행동을 하는 이에게 "안 된다."라고 말할 수 있는 사람이고 싶다. 두루뭉술하고 선한 열 마디 말보다 "그러면 안 된다."라는 한마디가 더 어렵고 힘들다. 아무리 생각해도 어른으로 사는 것은 보통 힘든 일이 아니다.

어른처럼 산다는 것이 아이처럼 산다는 말의 반대말은 아니다. 그러니 평소에는 있는 그대로의 나로서 지내다가 결정적인 순간에 내 안의 아이를, 때로는 어른을 꺼내고 싶다.

3

엄마와 딸은 너무나 달라서

그동안 엄마는 내게 줄 수 있는 것 이상으로 넘치게 주었다.
고백하자면 지금부터 엄마에게 택배를 보내더라도,
엄마가 나에게 준 것만큼 줄 수 없다.

엄마에게 내가 쓴 동화책을 선물했다

"엄마는 언제가 제일 행복했어?"

고향에 내려가 엄마에게 슬쩍 물었다. 〈동화로 떠나는 내면 여행〉 수강생 중 한 분이 '엄마와 나누고 싶은 대화' 로 이 질문을 꼽았었다. 엄마의 대답은 "너희가 한창 자랄 때."였다. 가장 바쁘고 힘들었을 그 시기가 엄마는 제일 행복했다는 것이다.

　내가 기억하는 과거의 엄마는 자식들과 농사일이 전부인 사람이었다. 몸짓이 크지 않고, 말수가 많은 편도 아니어서 사람들에게 차분하고 조용한 사람으로 기억되

곤 했다. 같이 있어도 엄마가 먼저 말을 걸어오는 경우는 드물었다. 무슨 말이든 내 쪽에서 먼저 했고 이야기가 길게 이어지지도 않았다.

자식들이 한창 클 때의 엄마는 글을 능숙하게 읽지 못했다. 그런 엄마가 노인 학교에 다니며 요가를 배우고, 노래를 부르고, 글자를 익히기 시작했다.

드라마 〈전원일기〉 재방송을 보는 엄마에게 "요즘 읽는 책 있어?" 하고 물었다. 엄마는 없다고 답했다. 나는 서울에서 챙겨 온 동화책 한 권을 내밀었다. 제목은 〈버스를 기다리며〉. 정식 출간된 책은 아니다. 23년 전 종이를 실로 꿰매 직접 만든, 단 한 권밖에 없는 책이다. 나조차 이 동화책의 존재를 까맣게 잊었다가 책장을 정리하며 우연히 발견해, 갖고 내려온 것이다.

〈버스를 기다리며〉는 내가 중학교 입학식을 마치고 엄마와 함께 버스를 기다리며 있었던 일을 쓴 동화로, 엄마와 나의 시점이 번갈아 가며 나온다.

꽃샘추위로 유난히 추웠던 중학교 입학식, 엄마와 나는 집으로 돌아가는 버스를 간발의 차이로 놓치곤 추위를 피해 문구점으로 들어갔다. 엄마는 호빵을 하나만 사서 나에게 건넸다. 자신의 몫은 없었다.

"엄마도 먹어."
"엄만 배 안 고파."

호빵을 한입 베어 물며 권했지만 엄마는 거절했다. 나는 배가 고픈 데다가 뜨거운 팥 앙금이 유난히 맛있게 느껴져서 호호 불어 가며 먹었다. 종이 껍질에 들러붙은 빵까지 먹을까 잠깐 망설이다 버리려는 찰나, 벗겨 낸 호빵 종이는 휴지통에 들어가는 대신 엄마 손에 들렸다.

"아깝게 왜 버려! 이렇게 많이 붙어 있는데."

엄마는 종이에 붙은 빵을 꼼꼼하게 떼어 먹기 시작했다. 그제야 엄마도 배가 고팠구나 싶어 나눠 먹지 않은 걸 후

회했다. 생각해 보니 팥은 엄마가 가장 좋아하는 음식 중 하나였다. 그사이 엄마는 다 떼어 먹어 얇아진 종이를 팥죽 새알 만들 듯이 돌돌 말아 휴지통에 버렸다. 하나 더 먹지 그러느냐는 주인아주머니의 말에 그저 가만히 웃었다.

동화는 주인공인 나의 독백으로 끝난다.

영순이는 문득 '내가 가장 좋아하는 것과 싫어하는 것은 뭘까' 생각합니다.

'……돈. 내가 가장 좋아하는 것도 돈이고, 싫어하는 것도 돈이야.'

그날의 기억이 지금도 생생하다. 나는 그 일을 잊지 못해 기록하고 그림까지 그려 남겨 놓았던 것이다. 나에게는 엄마의 사랑을 느낄 수 있었던 한편, 호빵 하나 제대로 사 먹을 수 없을 만큼 가난한 현실을 실감했던 일화다. 그런 당시를 엄마가 행복했던 시절로 떠올린 것이

신기했다.

엄마는 "책 안 읽어야." 했지만, 나는 "이거 내가 만든 동화책이야. 엄마하고 내가 나와." 하며 다시 내밀었다. 엄마는 못 이기는 척 받아 들고는 한 번 펴 보지도 않고 곧바로 소파 위쪽에 놓아두었다. 나는 아무 말 없이 집 안 청소를 시작했다.

한참 후 화장실 청소를 끝내고 나오는데 엄마가 한마디 툭 건넸다.

"책 읽었다."

감상 평은 없었으나 그것으로 충분했다. 허리 수술 후 외출이 자유롭지 못한 엄마의 관심사는 오로지 과거에 좋아했던 드라마를 다시 보는 것이었다. 그런 엄마가 내가 쓴 이야기를 읽었다고 말해 준 것이다. 무슨 말이 더 필요할까. 나는 가만히 고개를 끄덕이고 부엌으로 가 다시 집안일을 했다.

23년 전에 쓴 동화책이 비로소 제 주인을 만난 셈이었다. 추운 봄날, 자신이 가장 좋아하는 팥 앙금이 든 호빵을 자식에게만 건넸던 엄마의 마음에 비로소 보답한 듯했다.

엄마의 택배를 졸업하다

일본에 있을 때 엄마가 국제 소포를 보낸 적 있다. 참기름, 고춧가루, 된장 등과 함께 캔 맥주가 들어 있었다. 한국에 있을 때 소설가 무라카미 하루키의 영향을 받아 하루를 마치며 맥주를 마시곤 했는데, 그걸 기억하고 한국 캔 맥주를 보내 준 것이다. 생필품도 아닌 캔 맥주를 부쳐 줄 거라고는 예상하지 못했기에 더 반가웠다.

지금도 엄마는 채소 요리를 즐겨 먹는 나를 위해 때때로 상추며 부추며 파 등 텃밭에서 키운 채소를 상자에 가득 담아 보내 준다. 상자 하나에 한꺼번에 담다 보니, 상자는 늘 부풀 대로 부풀어 터질 지경이다. 그러면서도 엄마는 늘 "많이 못 부쳤어야. 뭐 먹을 만한 게 있는가 모르겠다." 한다.

상추와 부추는 먹어도 먹어도 줄지 않아 버리는 것이 더 많다. 택배를 받을 때마다 엄마에게 "집 근처에 시장이 있어서 싱싱한 채소는 바로바로 사 먹을 수 있어. 안 보내도 돼."라고 꼭 덧붙인다. 엄마 마음보다 나 힘든 것만 생각하는 이기적인 딸이다. 엄마는 알겠다고 하지만 그때뿐, 택배 상자는 항상 비슷한 모양새다.

지금까지 엄마가 보낸 택배는 셀 수 없을 정도다. 내용물도 다양하다. 옷, 베개, 이불, 그릇, 프라이팬, 압력밥솥, 도마, 수저통, 주걱, 밥상…… 방 안은 물론 찬장 곳곳에도 엄마의 물건으로 가득하다. 엄마가 써 보고 좋았거나 내게 필요할 듯한 물건이면 죄다 보내 주는 것이다.

여러 의미에서 엄마의 택배는 내 상상을 초월하는데, 양적인 면에서 더욱 그러하다. 쌀은 보냈다 하면 한 포대이고, 김치 역시 커다란 반찬 통 여러 개에 나눠 담아야 할 만큼 많다. 하지만 나는 아주 작은 냉장고 하나를 가지고 있을 뿐이다. 수십 년간 큰 농사를 지으며 살림을 해 온 엄마와, 가진 것이 없으니 미니멀한 생활을 유지하려는 나는 살림의 크기가 근본적으로 다른 것이다.

그 많은 것을 저장할 만한 공간과 장비가 없는 나는 택배를 받는 날이면 무척 바빠진다. 내가 보관할 만큼만 남겨 두고 나머지를 이웃과 친구들에게 배달하러 다녀야 하기 때문이다.

그런 엄마의 택배가 올해 들어 뚝 끊겼다. 허리 수술 후 재활 중인 엄마에게 내가 먼저 아무것도 보내지 않아도 된다고 말하기도 했지만, 엄마도 그걸 원했기 때문이다. 아직도 우리 집에는 엄마가 한참 전에 보낸 볶은 결명자와 검정 쌀이 남아 있다. 그동안 엄마는 내게 줄 수 있는 것 이상으로 넘치게 주었다. 고백하자면 지금부터 엄마에게 택배를 보내더라도, 엄마가 나에게 준 것만큼 줄 수 없다.

나는 이제서야 엄마의 택배를 졸업한다. 졸업하는 건

나지만, 졸업장은 엄마가 받아야 한다. 한 사람을 온전한 어른으로 키워 내고도 여전히 보살피는 엄마의 노고가 택배 상자에 고스란히 담겨 있다. 갑자기 엄마 목소리가 듣고 싶어진다.

"잘 지내냐? 뭐 먹을 건 있고? 잘 먹어야 일한다잉."

엄마는 내 걱정부터 한다. 추운 겨울, 휴대 전화를 통해 들려오는 엄마의 목소리에서 온기를 느낀다.

너의 이야기는 특별하다

고베에서 열린 〈한일 아동문학 세미나〉에서 만나 20여 년간 친분을 이어 온 재일 교포 친구가 있다. 나보다 일곱 살 어리고 뇌성 마비로 전동 휠체어를 타고 다니지만, 일본어와 한국어 둘 다 능숙한 데다 시집을 낼 정도로 글재주도 뛰어나다. 친구는 가족의 반대를 무릅쓰고 스물두 살 무렵 한국으로 건너와, 대전에 있는 대학에서 아동복지를 공부했다. 지금은 한국인 남편과 결혼해 건강하고 똑똑한 아들을 키우고 있다.

친구와는 주로 한국어로 대화한다. 친구는 뇌성 마비 때문에 발음이 정확하지 않아 말 한마디 한마디에 엄청난 에너지를 써야 한다. 한국어로 말하다 내가 제대로 알아듣지 못하면 일본어로 다시 얘기해 준다. 낯선 사람과의 대화는 더 힘들어한다.

그래도 친구는 움직일 수 있는 왼쪽 손으로 나보다 더 빨리 문자 메시지를 보내고 인터넷을 검색한다. 새로운 유행어나 물건에 관심이 많아 내게 먼저 알려 준다. 위트가 있고 호탕하게 잘 웃으며 시간 약속도 잘 지킨다. 친구의 글에는 늘 반짝이는 부분이 존재했다.

그런 친구가 조금씩 달라지고 있었다. 친구는 실내에선 무릎으로 이동하는데, 이제 무릎이 아파 잘 움직이지 못한다고 했다. 신체만이 아니다.

언제부터인가 통화만 하면 어디가 아프다, 머릿속이 텅 비어 로봇이 된 것 같다, 대화할 사람이 없어 외롭다 등 부정적인 이야기뿐이다. 친구를 위해 자주 대화하고, 병원에 동행하고, 모임을 만들어 함께 전시회도 보러 갔지만 크게 나아지지 않았다.

친구는 아픈 몸으로도 스스로 유학을 결심하고, 대학

을 알아보고, 나에게는 없는 운전면허도 땄다. 전동 휠체어만큼 운전 실력도 수준급이어서, 그녀가 운전하는 차의 승차감은 따를 자가 없었다. 재능이 아주 많은 친구였다.

그런데도 스스로 만든 새장에 갇혀 있다. 의존할 만한 누군가를 기다리면서. 어떻게 하면 그녀가 자신의 에너지를 맘껏 발산할 수 있을까. 유행에 민감하고 언어 감각이 뛰어나며 활기찼던 예전 모습을 되찾을 수 있을까.

다음 날 오전, 나는 친구에게 전화를 걸었다. 내가 친구를 위해 당장 해 줄 수 있는 가장 현실적인 행동이었다. 친구는 어제 카페에 가서 글을 쓰려다 머릿속이 산만해서 그냥 나왔다고 했다. 스스로도 노력하는 중인 것이다.

"재일 교포에 장애를 가지고 있지만 결혼해서 아이를 키우는 엄마인 네 이야기를 써 봐. 네가 지금 겪는 모든 것이 특별한 이야기니까. 나도 도와줄게. 네가 먼저 시작하지 않으면 도와줄 수가 없잖아. 시작은 네가 해. 너라면 할 수 있어."

역시나 잔소리 같아 미안해지려는 찰나, 친구가 말했다.

"그래, 알았어. 언니랑 이렇게 대화하니까 좋네!"

친구는 내 걱정을 잔소리가 아닌 진심으로 받아 주었다. 친구에 대한 감정을 글로 정리하는 지금, 해묵은 응어리 하나를 걷어 낸 기분이다.

동생의 안부 전화

남동생이 태어난 날을 기억한다. 일곱 살 때였다. 작은 방에 있다가 나를 부르는 소리에 안방으로 가니, 엄마가 아기를 안고 있었다. 갓 태어난 남동생은 강보에 싸여 얼굴만 내놓고 있었는데 당시의 똘망똘망했던 눈이 잊히지 않는다.

장애 2급인 남동생은 고향에서 공공 근로자로 살고 있다. 매일 새벽 일어나 찬물로 목욕하고, 아내와 딸이 깨지 않도록 혼자 조용히 밥을 챙겨 먹은 뒤 일하러 나간다. 삶이 고요한 동생은 툭하면 내게 전화를 한다. 잘 지내는지 궁금해서, 내 목소리가 듣고 싶어서, 누군가와 대화하고 싶어서, 또는 심심해서.

하루는 동생에게 전화가 열 통 넘게 왔다. 동생이 묻는 말에 꼬박꼬박 답하며 대화를 이어 갔지만 다음 날에도, 그다음 날인 월요일에도 전화가 이어지니 슬슬 지치기 시작했다.

월요일 새벽 여섯 시 무렵, 휴대전화 벨 소리가 울렸다. 동생이다. 다행히 잠에서 깨 몸을 풀고 있던 나는 30분 넘게 긴 통화를 했다. 샤워를 하고 방 청소와 빨래까지 마친 후 글 쓸 준비를 하는데 다시 동생한테 전화가 왔다. 글의 흐름이 끊기자 불쑥 화가 났다. 한계에 봉착한 셈이다.

"하루에 아이스크림을 열 개 먹으면 배탈이 나냐, 안나냐? 무슨 전화를 사흘 내리 해. 누나 힘들다."
"난 아이스크림 열 개 먹어도 아무렇지도 않은데?"

화난 목소리로 쏘아붙여도 동생은 태연하게 대답할 뿐

이다.

　"나는 아이스크림 세 개만 먹어도 배탈이 난다. 열 개 먹으면 병이 생기고."
　"누나 아파? 아프면 병원에 갔다 와."

아주 고단수다. 실랑이는 이어졌다.

　"너, 누나 잡아먹으려고 그러냐?"
　"누나가 닭인가? 잡아먹게?"
　"네 말이 맞네. 난 닭은 아니지. 아따, 너 말도 잘한다."

동생의 능청스러운 대답에 나는 그만 웃음이 터져 할 말을 잃었다. 그래도 이렇게 말하면 동생은 알아듣고 한동안 하루에 한두 번 문자 메시지로만 소식을 전해 온다.

　"누나 지금 뭐 해? 점심 먹었어?"
　"지금 먹고 있어. 비빔국수."

"아따, 맛있겠네!"

"그래, 맛있다. 너는 점심 먹었냐?"

"그럼 먹었지. 오늘 아침에도 누나가 행복하게 해 달라고 기도했어. 우리 누나가 외출할 때 지하철 문짝에 발이 끼지 않도록 도와주시고, 아침에 무사히 일어나도록 지켜 달라고."

"고마워. 네 덕분에 오늘도 무사히 보냈다. 너도 행복해라."

동생과의 대화 내용은 거의 변함이 없다. 식사했느냐 묻고 그렇다고 대답하는 식이다. 심지어 나는 먹는 메뉴도 비슷하다. 그런데도 동생은 마치 오랜만에 통화하는 것처럼 다정다감하게 나의 안부를 묻는다.

가끔 지치긴 해도, 동생과 통화하고 나면 가슴이 따뜻해진다. 잠은 잘 잤는지, 점심에 무엇을 먹었는지 끊임없이 묻는 건 순전히 나를 향한 애정에서 비롯됨을 알기 때문이다. 나에게 행복하냐 묻고 더 행복하라고 말해 주는 사람도 동생뿐이다.

이번에는 실패했지만, 다음에는 고운 목소리로 반갑게 전화를 받을 테다. 동생을 대하며 많은 것을 배운다. 덕분에 여전히 나는 성장 중이다.

엄마와 딸은 너무나 달라서

엄마가 허리 수술을 했다. 수십 년간 농사일을 해온 데다가, 나이가 들었는데도 젊을 때 감각으로 계속 일을 하다 무리가 온 것이다. 수술비를 보탤 수 없었던 나는 엄마가 퇴원하기 전후로 한 달에 일주일 정도 고향 집에 머물며 돕기로 했다.

입원 전날, 엄마가 염색을 하겠단다. 나는 태어나 딱 한 번 해 봤을 뿐인데, 엄마는 흰머리가 희끗희끗 올라오기 시작한 그 옛날부터 주기적으로 염색을 해 왔다. 읍내에 사는 큰언니가 시커먼 염색 가루와 달걀노른자를 섞어 염색약을 만들었다. 수술받으러 가기 직전의 엄마는 허리가 아파 앉아 있기도 힘들어했다. 그런데도 염색약을 바르는 내내 맨바닥에 앉아 묵묵히 견디고는, 30분을 기다려 혼자 머리를 감았다. 머리카락이 까매지자 엄마는 금세 젊어 보이고 생기까지 돌았다.

수술을 받고 퇴원한 지 두 달이 지났을까, 이번엔 엄마가 염색하러 터미널에 위치한 읍내 미장원에 가겠단다. 아침을 빠르게 챙겨 먹고 아버지 차까지 얻어 타며 서둘렀건만 마침 장날이라 미용실에는 이미 어르신 서너 분이 대기 중이었다. 두 시간 넘게 기다려야 한단다.

어르신들은 어제 내린 비로는 깨밭에 물도 안 든다는 등 농사 이야기며 아들, 남편 이야기를 하며 차례가 오기를 인내심 있게 기다리고 있었다. 엄마는 어르신들은 물론 나와도 대화하지 않고 묵묵히 차례를 기다렸다.

드디어 엄마 차례가 왔다. 엄마는 오늘 머리도 말고, 염색도 하고 싶다고 했다. 하지만 미용사는 수술로 면역력이 떨어진 데다 평소 염색약 가려움증도 있으니 오늘은 파마만 해 주겠단다. 엄마보다 다섯 살이나 많은 어르신은 오늘 파마도 하고 염색도 한다는데. 엄마는 자신도 그렇게 하고 싶다며 한번 더 말해 보지만 미용사는 단호하게 다음 주에 다시 오라고 권했다. 목소리나 얼굴빛에 큰 변화는 없었지만 엄마의 내면에서 이런저런 생각이 오가는 중이라는 사실이 딸인 내 눈에는 보였다.

돌아오는 길에 나는 엄마에게 며칠 후 집에서 염색해 드리겠노라 약속했다. 사실 해 본 적은 없었다. 큰언니가 염색해 주는 모습을 옆에서 지켜봤을 뿐이다. 그러니 염색이 이토록 힘든 일인 줄 미처 몰랐다.

　우선 허리에 무리가 가지 않도록 엄마를 의자에 앉히고, 바닥에 신문지를 깔았다. 처음 해 보는 일이지만 완벽히 해내리라 내심 기대했다. 웬걸, 엄마 얼굴에 묻히지 않으려다 보니 염색약은 바닥에 떨어지고 애쓴 보람도 없이 엄마 귓가와 목덜미에 시커먼 얼룩을 묻히고 말았다. 방바닥 닦으랴 염색하랴 허둥대면서 처음의 조심스러웠던 손길은 점점 과감해졌다. 드디어 염색을 마쳤을 때는 중노동을 한 것처럼 극도의 피로가 몰려왔다.

나의 이런 긴장감이 전달되어 불안했는지 엄마는 염색약을 바른 지 10분 만에 머리를 감고 나왔다. 물이 다 들기도 전에 머리를 감았으니 머리카락은 겨우 갈색이었다. 나는 "엄마, 염색약 아직 한 통 남았으니까 담에 큰언니한테 새까맣게 해 달라고 해." 하고 변명했다.

엄마는 "사람을 만날 때는 화장을 해야 돼야."라든가 "옷을 잘 입어야 일도 잘 풀린다이." 같은 말을 자주 한다. 하지만 나는 화장도 안 하고 패션에도 관심 없다.

입맛도 다르다. 엄마는 내가 좋아하는 음식은 입에도 대지 않는다. 내가 좋다고 생각하는 것은 싫어하고, 나는 별로인 것을 엄마는 좋아한다.

엄마는 나와 다른 사람이다. 모든 걸 이해하지는 못할 사이인 것이다. 엄마 또한 딸에게 염색을 맡긴 일을 계기로 자신이 낳은 딸이 얼마나 다른 존재인가를 또 한번 알게 됐으리라.

언제 입맛이 바뀌었을까

나는 난독증이 심해 초등학교 3학년 때까지 글을 잘 읽
지 못했다. 그런데 엄마는 나를 똑똑하고 눈썰미와 기억
력이 좋았던 아이로 기억하고 있다. 한번은 아버지가 고
장 난 기계를 수리하는데, 내가 옆에 서서 연장을 미리
챙겨 놓고 필요할 때마다 하나하나 건네더라는 것이다.
정작 나는 기억하지 못하는 일이다.

하루는 오랜만에 고향으로 내려온 딸을 위해 엄마가
음식을 잔뜩 해 놓고 기다리고 있었다. 엄마는 반찬을
내 쪽으로 밀어 주며 "네가 잡채를 좋아해서 많이 했다.
많이 먹어라." 했다. 정작 나는 '내가 그렇게 잡채를 좋아

했나?' 하며 새삼스러울 뿐이었다.

지금은 있으면 거절하진 않지만, 특별히 즐겨 먹는 음식은 아니다. 옛날에는 엄마가 만든 잡채를 많이 먹었던 것도 같다. 진즉 어른이 되어 떨어져 사는데도 엄마는 여전히 나를 기억 속 어린아이처럼 대하는 것이다.

나는 말없이 산처럼 쌓인 잡채를 먹기 시작했다. 맛은 중요하지 않았다. 딸이 가장 좋아하는 반찬이라고 생각하며 엄마가 만들었다는 데 의미가 있다. 하지만 엄마는 역시 엄마인 모양. 내색하지 않았는데도 잡채에 시큰둥한 내 모습을 눈치채고는 그 뒤로 나 때문에 일부러 잡채를 하지는 않았다.

엄마와 함께 산 시절에는 엄마가 좋아하는 음식이 곧 내가 좋아하는 음식이었다. 엄마가 만든 식혜와 팥죽을 어린 시절 내가 가장 좋아했다. 엄마를 도와 강정을 만들어 먹은 적도 있다. 지금도 만드는 과정이 생생히 기억날 정도로 나는 그 한과를 좋아했다. 그러나 이제는 그 음식들을 잘 먹지 않는다.

엄마와 식성이 많이 달라진 것이다. 엄마의 입맛은 여전하니 달라진 건 나다. 언제 입맛이 달라진 걸까? 곰곰이 생각해 보니, 독립해 살면서부터다. 엄마가 해 주는 집밥을 먹을 때는 깨닫지 못했으니 엄마와 나는 처음부터 식성이 완전히 달랐을지도 모른다. 엄마와 내가 다른 삶을 살아가고 있다는 사실을 음식으로 실감하게 됐다.

한때 엄마는 내가 좋아한다고 생각하는 음식을 차려 놓고, 많이 먹지 않으면 서운한 티를 냈다. 하지만 이제는 딸의 음식 취향과 입맛이 자신과 다름을 받아들이고 이해한다.

엄마는 여전히 내 걱정을 입에 달고 산다. 통화할 때마다 집에 먹을거리가 떨어지진 않았는지, 끼니는 잘 챙겨 먹는지 묻는다. 나는 엄마가 걱정되지 않는데 엄마는 늘 내가 걱정이란다. 예전에는 "잘 챙겨 먹으면서 사니까 걱정 마." 하며 꼬박꼬박 대꾸했지만 이제는 그냥 "뭘 먹어도 엄마 음식이 최고지. 어디 엄마 음식에 비하겠어." 하며 말을 돌리고 만다. 염려와 걱정 또한 엄마의 특성

임을 알기 때문이다.

입에 발린 소리만은 아니다. 입맛은 바뀌었어도 나는 여전히 엄마의 음식이 맛있다. 그것은 '좋고 싫음'의 문제가 아닌, 몸과 마음에 새겨진 일상인 탓이다.

간이 맞지 않는 장조림

고향에 내려간 날 저녁, 아버지가 새언니가 해 준 장조림이 맛있었다며 나에게 만들어 줄 수 있느냐 물었다. 나는 한번 도전해 보겠다 약속하고 새언니에게 조리법을 확인했다.

다음 날 나는 새언니가 알려 준 레시피대로 요리를 시작했다. 장조림을 먹어 본 적이야 있지만 만드는 건 처음이었다.

요리를 시작한 지 한 시간 반이 지났는데도 냄비 속 국물은 여전히 찰랑거리고, 건더기에 간도 배지 않았다. 그래도 텃밭에서 대파를 뽑아 뿌리까지 깨끗하게 씻어 함께 끓이고, 아버지가 얻어 온 양파도 가득 넣어 구색을 맞췄다. 마늘은 엄마가 알려 준 대로 향이 잘 나도록 마지막에 넣었다. 엄마와 아버지에게 시시때때로 내가 맞게 하고 있는지 물어보며 몇 번씩 간도 보게 했다.

장조림이 졸아들 기미가 없자 나는 국물을 조금 덜어 내 햇감자를 썰어 넣고 함께 조리기 시작했다. 한꺼번에 두 가지 음식을 해치웠다고 내심 기뻐했지만, 감자는 너무 잘게 썰었는지 흐물거리고 냄비 속은 여전히 물이 찰박찰박했다.

우리 가족은 국물이 자작한 장조림과 다 으깨진 감자 요리를 가운데 놓고 식사했다. 아버지는 내 장조림이 새언니 장조림보다 맛있단다. 엄마는 간이 안 맞는 듯 감자 요리에 간장을 부어 먹으면서도 아무 말이 없었다. 엄마와 아버지는 평소에 "무슨 음식이든 간이 맞아야 맛나야." 하는 말을 입에 달고 사는 분들이었다. 정말로 살림꾼인 새언니가 만든 장조림보다 내가 한 장조림이 맛있을 거라고는 생각하지 않았다.

불현듯 노년의 아버지가 어린아이처럼 느껴졌다. 아이들은 엄마와 함께 과자를 굽거나 수제비를 만들어 먹으면, 자신이 직접 만든 음식이 세상에서 제일 맛있다고 말하곤 한다. 장조림을 대하는 아비지의 모습이 그랬다.

아버지는 자신이 먹고 싶다고 한 음식을, 자신이 사온 재료로, 딸과 함께 간을 맞춰 가며 만들었으니 더 맛있게 느껴졌을 테다.

나는 장조림 사진을 찍어 새언니에게 보냈다. 새언니는 "맛있어요?" 하고 물었다. "네, 맛있어요." 하고 답장했다. 아버지가 새언니 것보다 맛있다고 칭찬한 사실은 전하지 않았다. 그 말에 담긴 뜻을 좀처럼 설명할 수 없었기 때문이다.

장조림 이야기는 여기서 끝나지 않는다. 서울로 돌아오기 전날, 아버지는 장조림을 더 만들어 놓고 가라고 했다. 그러곤 처음보다 더 많은 돼지고기와 돼지 껍질을 사오셨다. 나의 두 번째 장조림이 시작됐다.

저녁이 되어 돌아온 아버지는 집 안에 맛있는 냄새가

난다며 반기면서도 막상 장조림에는 손도 안 댔다. 이제 장조림에 질린 것이다.

나는 장조림을 커다란 반찬통 두 개에 가득 담아 김치냉장고에 넣어 두고 나머지는 서울로 가져왔다. 여전히 새언니가 만든 장조림처럼 간이 딱 맞진 않았지만 허기진 나는 맛있게 먹었다.

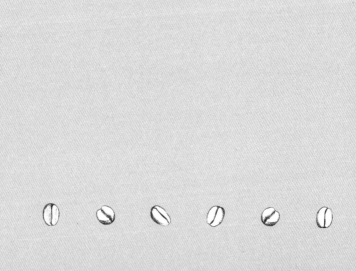

4

들풀은 다시 자라난다

조금 생소하지만 알면 인생에 도움이 되는,
'여주' 같은 무언가를 건네는 사람이 되면 좋겠다.
소박한 채소 하나가 여름 보양식이 되듯,
누군가의 삶에 도움을 주는 존재로 살고 싶기에.

여주 같은 사람

여주는 일본 유학 시절 친구를 통해 처음 알게 되었다. 일본어로는 '고야'인 이 채소는 일본의 여름 보양식이다. 특히 그 친구의 고향인 오키나와에서 많이 먹는다.

30년 가까이 맛본 적 없는 채소여서 당연히 먹을 줄도 몰랐다. 그러나 친구에게 여주 조리법을 배우고부터는 요리해 먹기 시작했다.

한국에 돌아와서도 여름철이면 여주 특유의 쌉쌀한 맛을 떠올리며 장 볼 때마다 채소 코너를 살피곤 했다. 여주를 보면 마치 친구를 만난 듯 그렇게 기쁠 수가 없다.

어느 늦여름 우리 동네에 마트가 생겼다. 식료품도 살 겸 구경하러 들렀는데 직원 한 분과 손님이 여주가 가득 든 상자 앞에서 이야기를 나누는 중이었다. 올해 본 것 중 가장 튼실한 여주였다.

"여주가 몸에 좋다고 사 가는 사람이 많아요."
"그래요? 근데 저는 해 먹을 줄 몰라서요."

점원은 권하고 손님은 망설이는 눈치였다. 나는 살짝 대화에 끼어들었다. 일본에서는 자주 쓰는 식자재이며 돼지고기, 두부와 익히다가 나중에 달걀을 풀어서 볶아도 좋고, 간단하게 참치와 마요네즈로 버무려 샐러드처럼 먹어도 맛있다고 말했다. 두 사람이 관심을 갖는 것 같아, 쓴맛을 줄이려면 속을 잘 파내야 한다고 주의 사항까지 알려 주었다.

말하다 보니 나도 먹고 싶어져 친구 몫까지 두 봉지를 샀다. 손님 손에도 여주 한 봉지가 들렸다. 한 봉지에 큼지막한 여주가 세 개나 들었다. 몇 끼나 귀한 반찬이 될

게 분명했다.

집으로 돌아와 친구에게 줄 한 봉지는 냉장고에 넣어
두고 내 몫으로 샐러드를 만들기 시작했다. 여주를 잘
씻어 가운데를 가른 다음 숟가락으로 속을 파낸다. 적당
하게 채 썬 후 소금에 5분 정도 절인다. 절인 여주를 물
로 헹구고 물기를 짠 다음 참치와 마요네즈를 넣고 버무
리면 끝. 이 요리를 할 때마다 오키나와에서 온 친구가
떠오르고, 한 번도 가 본 적 없는 오키나와가 가깝게 느
껴진다.

그날 저녁 동네 지인과 산책하다 또 여주를 봤다. 어
느 집 앞마당에 열매들이 대롱대롱 매달려 있었다. "뭘
까요?" 궁금해하는 지인에게 여주라는 채소라고 알려 주
었다.

이제 여주는 내게 저렴하면서도 맛 좋은 여름철 식자재
이자, 친구들에게 자신 있게 대접할 수 있는 음식이다.
어느덧 오키나와 친구가 알려 준 조리법 외에 내 나름의
레시피도 생겼다. 다룰 수 있는 식자재가 있다는 것은

참 든든한 일이다. 사전에서 '다루다'라는 단어를 검색하면 맨 처음에 '일거리를 처리하다.'라는 의미가 나온다. 멀리서도 여주를 알아보고, 레시피를 찾지 않고 요리할 줄 알다니 마치 여주 전문가가 된 느낌이다.

조금 생소하지만 알면 인생에 도움이 되는, '여주' 같은 무언가를 건네는 사람이 되면 좋겠다. 소박한 채소 하나가 여름 보양식이 되듯, 누군가의 삶에 도움을 주는 존재로 살고 싶기에.

모두에게는 사연이 있다

동네에서 11년간 길에 사는 고양이를 돌보아 온 분을 만났다. 차에 치여 생사의 갈림길에 선 고양이를 살린 일, 학대받던 고양이를 구출한 일, 갓 태어난 아기 고양이와 가족이 된 일 등 시간 가는 줄 모르고 그분의 이야기를 들었다.

몇 달 전, 산자락 공터에서 아기 고양이 네 마리가 태어났다. 일주일쯤 지났을까, 고양이는 보이지 않고 나뭇가지에 "아기 고양이 4남매는 아파서 병원 치료 중입니다."라는 푯말이 걸렸다. 그 밑에는 고양이에게 주면 안 되는 음식 목록이 쓰여 있었다. 아기 고양이가 먹어서는 안 되는 음식을 받아먹고 아프다는 내용이었다.

세상에는 따뜻한 사람이 많다고 생각하면서 산책할 때마다 푯말을 유심히 읽었는데, 우연히 그 푯말을 쓴 분과 대화를 나누게 된 것이다.

아기 고양이 네 마리는 병원 치료를 잘 받았고, 날이 풀릴 때까지 자신이 임시 보호 중이라고 했다. 이름은 봄, 여름, 가을, 겨울이로 지었단다. 이 중 여름이는 병원 치료 후 다시 밖으로 나가서 사람에게는 잘 오지 않는다고 했다. 아무래도 여름이는 엄마와 함께하는 길거리 삶을 선택한 모양이다.

지금껏 동네에서 고양이를 만나면 반갑게 바라보면서도 그 사연까지 깊이 생각해 본 적은 없었다. 고양이들은 죽을 고비를 넘기는 모험을 하고, 스스로 운명을 선택하기도 하며 살아가고 있었다. 마치 각자의 이야기를 지니고 사는 사람들처럼.

며칠 후 다시 그분을 만났다. 이번에는 암에 걸린 누나 고양이와 한쪽 다리를 다쳐 절단 수술을 한 동생 고양이 이야기를 들려주었다. 그때 갈색 털에 검정 줄무늬가 있는 고양이 한 마리가 우리에게 다가왔다. 그분이 "사랑아, 이리 와." 하고 부르자 냉큼 달려와 눕고는 배를 보여주었다. 완전히 무장 해제한 모습이다.

나는 멀찍이 떨어져서 그 모습을 가만히 지켜보았다. 마침 또 다른 동네분이 "사랑아!" 하고 불렀다. 사랑이가 이번에는 그 동네분의 발아래로 가 드러누웠다. 부러운 마음에 나도 "사랑아." 하고 불렀지만 역시나 내 쪽은 거들떠보지도 않았다.

"사랑이가 두 분한테만 가고 저한테는 안 오네요."
"저는 저 아래에서부터 '사랑아, 사랑아.' 하고 부르면서 올라와요."

동네분은 웃으며 대답하고는 수풀에 올망졸망 세워 둔 작고 탄탄한 고양이 집을 가리켰다. 사랑이와는 구면인 것이다.

조금 후, 흰색 아기 고양이 한 마리가 사랑이를 향해 다가왔다. 얼마 전 고양이 남매를 구조했던 분이 자세히 보더니 "여름이네요." 하며 반갑게 이름을 불렀다. 하지만 여름이는 아무리 불러도 사람 곁으로 오지 않고 사랑이만 따라다녔다. 물어보니 사랑이는 여름이의 형제도 부모도 아니란다. 날 듯이 재빠르게 움직이는 여름이의 네 발은 뭉툭하고 탄탄한 게 보통이 아니다. 아직 아기 고양이임에도 자연에서 사는 삶을 선택한 존재의 강인함이 느껴졌다.

오전 일찍 산책하러 나갔을 때다. 강아지와 산책하던 동네분이 갈색 고양이를 발견하고는 "사랑아." 하고 이름을 불렀다. 익숙한 듯 고양이도 곧바로 따라왔다.

"얘가 사랑이 맞아요?"
"저는 여기 사는 고양이를 만나면 일단 사랑이라고 불러 봐요. 그중 따라오는 아이가 있는데 그 고양이가 바로 사랑이예요."

그 후 길에서 고양이를 만날 때마다 나 역시 그냥 지나치지 않고 이름을 불러 보곤 한다.

우리 동네에는 공터가 있고, 나무가 있고, 고양이가 있다. 그리고 고양이를 지키며 이름을 붙여 주는 사람들도 있다. 이름을 부르고 관심을 갖는 이들의 숨은 노고로 우리는 함께 살아간다.

들판은 단골 병원

글을 쓰거나 번역을 하다가 몸이 쑤시면 바로 자리에서 일어나 공원 옆 넓은 들판으로 향한다. 가끔은 시간 가는 줄 모르고 작업하다가 창으로 오렌지빛 저녁 햇살이 들어오면 뜀박질하듯 들판으로 내달린다. 아직 남아 있는 햇살을 즐기며 몸을 풀거나 잰걸음으로 산책하면 굳었던 몸에 기운이 돌기 시작한다. 들판에 나와 햇볕을 쬐고 바람만 쐬어도, 기분이 나아지고 활기가 돈다. 햇볕이 내리쬐는 들판은 그야말로 내 단골 병원인 셈이다.

나는 어려서부터 들판을 뛰어다니길 좋아했다. 초등학

생 시절 들판을 가로지르며 30분씩 걸어 다녔던 등하교 길도 전혀 힘들지 않았다.

들판에는 계절에 따라 다양한 곡식과 채소가 자라나고 매일매일 하늘의 모습과 공기가 달랐다. 매번 같은 곳을 오가는데도 늘 새로웠다. 논밭에 나갔다 돌아오는 길에 보는 석양도 이루 말할 수 없이 오묘하고 아름다웠다. 그 어린 날의 기억이 마음속에 남아 지금도 몸이 힘들고 지칠 때마다 나를 들판으로 이끌었다.

며칠 전에는 들판에서 씨앗 부스러기를 물고 이동하는 작은 개미 한 마리를 발견했다. 나는 잠시 몸을 굽혀 개미를 관찰했다. 개미는 위험도 장애물도 아랑곳하지 않고 오로지 먹을거리를 옮기는 데 열중했다. 문득 어릴 적 시간 가는 줄 모르고 개미와 땅강아지, 쇠똥구리, 무당벌레를 눈으로 좇은 시절이 떠올랐다. 얼마나 열심히 움직이는지……. 들판은 많은 생물의 생생한 삶의 장소였다.

가끔 들판에서 아이들을 만나면 얼마나 기분이 좋은지

모른다. 유치원이나 학원에서 놀러 나온 걸까? 아이 열
댓 명이 선생님들과 질서 정연하게 들길을 걷고 있다.
선생님 손에는 비닐봉지와 집게가 들렸다. 함께 들판에
버려진 쓰레기를 줍는 것이다. 아이들이 지나간 곳은 쓰
레기 하나 없이 클로버만 푸르게 펼쳐져 있다.

"선생님, 쓰레기는 집에서만 버리는 거죠?"
"그렇지. 자기 쓰레기는 자기 집에서 버려야지!"

아이가 묻고 선생님이 대답했다. 아이도 멋지고 선생님
도 멋지다.

들판에서 종종 마주쳐 낯익은 아이도 있다. 그 아이
는 할머니, 할아버지와 산책하러 나오는데 얼마나 귀여
운지 모른다. 아이는 내 마음까지 맑게 하는 청아한 목
소리로 꽃이나 나비와 대화하고, 지나가는 강아지한테
말을 걸었다. 들판에 있는 돌멩이 하나까지도 아이에겐
장난감이다.

한번은 아이에게 다가가 "너 너무 귀엽다." 하고 칭찬

해 주었다. 아이는 꾸벅 인사하더니 "근데 나 통통해요."
하고 답했다. 나는 "아냐, 넌 그냥 건강해. 괜찮아." 하고
진심으로 말했다.

며칠이 지나 또다시 그 아이와 마주쳤다. 유치원이나
어린이집을 마치고 오는 모양이다. 아이는 나에게 달려
와 인사했다. 아이와 친구가 된 듯 반갑게 이야기를 나
누고 뒤따라 걸어오는 아이의 할아버지에게도 눈인사를
건넸다.

"저기요." 아이가 돌아서는 나를 불렀다. 그러고는
"저 발차기할 줄 알아요." 하면서 힘차게 발차기를 하는
게 아닌가. 나는 "잘하네!" 하며 감탄했다.

아이와 어른, 풀과 꽃, 벌레와 곤충, 강아지와 고양이, 바
람과 햇살이 함께하는 들판에 서는 순간, 나는 고단함과
근심을 잊는다. 스트레스도 사라진다. 정말로 자연은 치
유의 공간인 셈이다.

인생을 알고 있었다

산책로에 들어서자 아이들 목소리가 내 마음에 혹 들어왔다. 소리 나는 쪽을 보니 3~4학년으로 보이는 초등학생 둘이다. 둘은 바짝 붙어 경쾌하게 발걸음을 옮기는 중이었다.

"고생하고, 이따가 재미있게 놀자."
"그래, 나중에 만나서 더 신나게 놀자!"

아무 생각 없이 놀기 바쁜 나이에, 두 소년은 인생을 알고 있었다. 맛있는 음식을 먹고 재미있게 놀기 위해 거처야 하는 통과 의례와 같은 고생의 의미를 아는 것이다. 갑자기 눈이 확 뜨였다. '그래, 나도 지금의 고생을 달게 받아들이고 나중에 아이들처럼 재미있게 놀자.' 이렇게 생각하자 산책 내내 마음이 한결 가벼웠다.

며칠 후 산책로에서 두 아이를 다시 보았다. 둘은 공 하나로 신나게 농구를 하고, 풀밭을 뛰어다니고, 이야기를 주고받으며 정말로 재미있게 놀고 있었다. 그 재미를 알아서 두 아이는 그까짓 '고생'쯤은 마다하지 않았나 보다. 할 일을 무사히 마치고 생글생글 웃으며 노는 모습이 단조로운 산책로를 풍요롭게 물들였다.

나는 두 아이의 대화를 곱씹었다. 내가 꿈꾸는 글의 세계에서 맘껏 뛰놀 수 있다면, 나 역시 작은 고생 정도는 마다하지 않는다고 당당히 말하고 싶어졌다.

아이들은 고생을 견디고 즐길 만한 이유를 스스로 이끌어 냈다. 나에게도 아이들처럼 '재미있게 놀' 세계가 필요했다. 그리고 나는 지금 바라던 대로 글의 세계에 있다. 내가 꿈꾸던 공간에 있으면서도 즐기지 못하고 고생만 생각하고 있었다. 두 아이가 즐기는 모습이 내 마음을 이끈 것처럼, 나의 즐거움이 다른 사람에게 영향을 주는 경지에 이를 때까지 오늘도 덤덤하게 나아가고 싶다.

들풀은 다시 자라난다

갈색 땅에 자줏빛 제비꽃이 피고 노란 개나리꽃, 분홍 진달래꽃이 만발하더니 목련, 벚꽃, 복사꽃이 피어난다. 뒤를 이어 황매화와 아카시아도 꽃을 피운다. 5월이 되면 들판은 황홀한 빛깔 천지가 된다.

햇살 좋은 봄날, 아파트 앞 여러 종류의 풀이 군락을 이룬 드넓은 공터로 나갔다. 기다란 연둣빛 줄기에는 작고 하얀 꽃이, 초록빛 줄기에는 갈색 꽃이 매달려 있었다. 뿌리를 단단히 내리고 하늘을 향해 치솟은 풀들이 봄 햇살에 빛났다. 이 순간을 기다렸다는 듯이 빗물을 한껏 빨아들이며 봄을 만끽하는 중이었다. 자신들이 꽃을 피웠다는 사실을 온 세상에 선포하듯이. 나는 아름다운 모습에 이끌려 휴대전화를 꺼내 사진을 찍고 또 찍었다.

다음 날 다시 공터로 향했다. 그런데 맙소사, 누군가 들풀을 전부 싹둑 베어 버렸다. 생기가 넘쳤던 들풀이 꽃봉오리를 매단 채 바닥에 쓰러져 있었다.

들풀에 벌레가 꼬인 것도, 산책로에 난 것도 아니었다. 나는 망연자실했다. 하루 만에 이런 일이 생기다니. 어제 봄 햇살에 반짝였던 풀들은 이런 결말을 예상이나 했을까.

작은 식물과 동물, 곤충과 벌레가 함께 사는 들판이다. 천년만년 사는 것도 아니고 단지 봄 한철 피어나는 존재인데 이렇게 쉽게 잘라 버리다니. 아무도 신경 쓰지 않는 들풀이라고 스스럼없이 벤 걸까. 아니면 쓸모없는 잡초라고 생각해 치우려고 한 걸까? 들풀이 저마다 고유한 모양과 빛을 지닌 것도 모르고. 이유야 있겠지만, 오로지 들풀을 보러 이곳을 찾았던 나는 쉽게 자리를 뜨지 못했다.

　내가 알아보고 눈길을 주었으며 기억한다는 사실이 들풀에 조금이나마 위로가 될까. 아니다. 다 부질없다. 들풀은 햇살과 바람과 땅과 물에 집중하며 그저 오늘을 살았다. 무슨 위로가 더 필요하랴.

　며칠 뒤 다시 들판을 찾았을 땐, 베어진 풀 사이로 새 풀이 자라고 있었다. 실망하고 의기소침했던 건 나뿐. 그 사이 풀들은 생명력을 뽐내며 묵묵히 그 자리에 다시 자라고 있었다. 뽑아도 다시 나고, 베어도 다시 자란다. 삶에 죽음이 있는 것처럼, 죽음에서도 삶이 다시 시작되고 있었다.

가깝고도 먼

집 주변에 생태수목원이 있다. 나무가 우거지고 풍경이 아름다워 평소보다 멀리 산책하고 싶어지면 곧바로 수목원으로 걸음을 옮긴다. 수목원까지는 산을 타는 길과 대로변을 따라 우회해서 가는 길이 있는데 어느 쪽이든 30분 정도 걸린다.

가을 하늘이 푸르게 펼쳐진 날, 나는 수목원으로 향한다. 중간까지는 찻길을 따라 걷다가 계수나무가 이어진 철길을 지나 산길로 접어든다. 길 군데군데 떨어진 밤송이를 보며 밤이 하나라도 있나 유심히 살핀다. 진짜로 밤 한 알이 있다. 나는 밤을 주워 주머니에 넣고 만족스럽게 수목원으로 들어선다. 며칠간 몰아친 비바람의 흔적이 고스란히 남은 화초들을 구경하느라 걸음이 점점 느려진다.

정원에 도착해 이리저리 둘러보는데 새빨갛고 탐스러운 꽃이 눈에 띈다. 한참을 머물며 사진을 찍는다. 지나가던 두 분도 꽃이 예쁘다고 감탄하며 멈춰 선다. 그중 한 분이 "이름이 뭘까?" 묻는다. 나도 궁금해하는 중에 다른 한 분이 달리아 같다고 대답한다.

"달리아 맞네요."

마침 바로 아래쪽에 달리아라고 쓰인 푯말이 있어 나도 거든다. 꽃을 보던 한 분이 내게 어디 사느냐고 묻기에 나는 근처에 산다고 말한다.

"걸어서 30분쯤 걸려요."
"가깝네요."
"머네요."

두 분이 동시에 극과 극의 대답을 한다.

나는 '도보 30분의 거리감'에 대해 생각한다. 동네이기도 하고 잘 아는 길이어서 내게 30분은 멀게 느껴지지 않는다.

두 분과 헤어진 후 혼자 수목원을 속속들이 탐색하고 다시 꽃을 보기도 하면서 시간 가는 줄 모르고 산책한다. 호수가 보이는 벤치에 앉아 친구와 통화하다 보니 어느새 날이 저물고 있다.

수목원 한가운데를 가로질러 가려다가 곧 어두컴컴해질 산길을 포기하고 대로변으로 내려간다. 보도블록 공사를 새로 하는지 하필이면 곳곳에 장애물이다. 나는 어두운 길을 살피면서 그것들을 피해 이쪽저쪽으로 걷느라 신경이 곤두선다. 몇 시간 전까지만 해도 가깝다고 생각한 길이 멀게만 느껴진다.

드디어 밖으로 나와 긴장이 풀린 나는 잠시 버스 정류장 벤치에서 쉬었다 가기로 한다. 그러면서 '도보 30분의 거리감'을 다시 떠올린다. 하루 안에도 해가 뜨고 지는 정반대의 성질이 존재하듯, 수목원까지의 길도 가깝고도 멀었다. 나라는 존재 역시 수많은 변수 가운데 존재함을 다시 한번 생각하며, 집으로 돌아와 산길에서 주운 밤알을 깎아 먹었다.

어른이 되어서 읽은 그림책은 내 인생을 바꾸었다.
지금도 그림책을 읽으며 위안받을 때가 많다.
우정, 사랑, 믿음, 다시 나아가는 용기 등.
그림책은 인생에서 가장 중요한 가치를 가장 간결하게 이야기한다.
함께 읽고 싶은 책이 참 많다.
그중 어른이 먼저 읽고 아이에게 읽어 주면 좋을 그림책
혹은 어른들로부터 많은 공감을 받았던 그림책을 소개한다.

멋진 아이 곁에는 멋진 어른이 있다

－《우리 가족》

하세가와 슈헤이 지음·김영순 옮김 | 문학과지성사 | 2016년

일본어 그림책 두 권을 번역했다. 한 권은 하세가와 슈헤이의《우리 가족》, 다른 한 권은 보탄 야스요시의《임금님의 이사》다. 출판사로부터 그림책 몇 권을 리뷰해 달라는 요청을 받아, 내가 갖고 있던 그림책과 일본 친구들에게 추천받은 신작 그림책 리뷰를 출판사에 건넸다. 편집위원들의 검토를 거쳐 그중 두 권의 출간이 결정된 것이다.

하세가와 슈헤이는 평범한 가족의 일상, 사춘기 청소년의 미묘한 마음, 되새겨야 할 사회 문제 등을 세심하게 그려 일본에 있을 때부터 좋아한 작가다. 그의 그림책을 우리나라 아이들과 읽고 싶었다.

이 책의 원제목을 직역하면 《커다란 커다란 배》이다. 원제에서는 '커다란'이라는 수식어를 반복해 의미를 강조하고 있다. 출간이 결정된 후 출판사에서는 '커다란 커다란'이라는 반복 표현이 우리나라에서는 익숙하지 않다며 다른 제목을 추천해 달라고 했다.

고민에 빠졌다. 그림책 표지에는 아빠와 아들이 등장한다. 면도하지 않은 소탈한 모습의 아빠는 뭔가 사연이 있어 보이고, 아들은 덤덤하면서도 담백한 인상이다. 표지에 맞게 제목을 '아빠와 아들'로 할까, 잠시 생각했으나 이내 마음을 돌렸다. 이 책에는 중요한 캐릭터가 한 명더 나오기 때문이다. 바로 엄마다. 엄마는 추억 속에만 등장하지만 아들과 아빠의 내면에 큰 영향을 끼친다. 그리고 뒤표지에 등장해 대미를 장식한다. 이 그림책의 또 다른 주인공은 어디론가 떠나 버린 엄마인 것이다.

> "우리는 모두 커다란 커다란 배에 타고 있는 거나 마
> 찬가지야. 시대라고 하는 배 말이야. 커다란 커다란
> 배는 갑자기 멈출 수 없어. 방향을 바꿀 때도 서서히
> 틀지 않으면 배가 기울어 튕겨 나가는 사람이 생길지
> 도 몰라."

결국 이 그림책은 가족의 의미에 관해 이야기하고 있다.
한 사람의 인생에 가족만큼 큰 영향을 끼치는 존재가 있
을까. 아빠와 아들은 곁에 없는 엄마를 부정하는 대신
부재를 인정하면서 그 존재가 끼친 영향력을 공유한다.
지금은 곁에 없지만 엄마는 과거와 현재에 모두 영향을
미치는 셈이다. 나는 책 제목을 《우리 가족》으로 정하자
고 마음먹었다.

무엇보다 인상적인 부분은 두 사람이 엄마를 내적으
로도 외적으로도 결코 속박하지 않는다는 점이다. 각자
기억하는 엄마에 대해 자유롭게 말하며 현재를 있는 그

대로 받아들이고, 더듬더듬 둘만의 삶의 여정을 즐기고
자 한다.

《우리 가족》을 번역하면서 가장 신경 쓴 점은 생활감을
살리는 것이었다. 그림책을 넘길 때마다 마치 드라마 장
면이 재생되듯 두 사람의 대화를 생생하게 표현하고 싶
었다. 길을 걸으면서, 지하철을 오가면서 들은 사람들의
대화가 많은 도움이 됐다. 모르는 이들의 일상적인 대화
를 듣다 보면, 나 또한 이 세상에 편입되어 하나의 배를
타고 함께 항해 중이라는 사실을 실감할 수 있었다.

　다만 마지막까지 제대로 번역하지 못한 단어가 있어
아쉽다. 바로 '로큰롤'이다. 그림책 맨 마지막 장에 한국
독자를 위한 〈작가의 말〉이 실렸는데, 이 글의 원제목
은 '로큰롤 한 기분'이었다. 출판사에서 로큰롤 한 기분
이 무엇인지 설명해 달라고 해서 고심했지만 결국 만족
스러운 답을 찾지 못했다. 우리나라 정서로는 온전히 공
감하기 힘들 것 같아 고민 끝에 '아빠와 아들이 찾아가는
삶의 여정'으로 제목을 바꾸었다.

나는 그 후로도 종종 작가가 말하고 싶었던 '로큰롤 한 기분'에 대해 생각해 본다. 가장 먼저 떠오르는 것은 열정, 자유, 순수, 신념을 지닌 삶의 모습이다. 나아가 서로를 구속하지 않고 나답게 살아가는 건강한 삶을 떠올린다. 이 그림책이 독자에게 사랑받는 이유도 한 단어로 정의하기 힘든, '로큰롤 한 기분'으로 살아가는 법이 담겼기 때문일 것이다.

그림책은 함께 읽어야 제맛이고, 다른 사람에게 읽어 줄 때 빛을 발한다. 함께 읽을 때 내가 못 본 이미지가 보이고 스쳐 지나간 낱말이 내면으로 들어와 의미가 된다. 그림책은 관계를 이어 주는 매개체다. 그러니 그림책을 읽을 때만큼은 로큰롤 한 기분을 갖자. 누구보다 자유롭고 순수하고 열정적인 사람처럼.

고양이의 눈을 빌리면 밖도 무섭지 않을 거야

– 《고양이는 나만 따라 해》

권윤덕 지음 | 창비 | 2005년

권윤덕 작가의 그림책 《고양이는 나만 따라 해》에는 여자아이와 고양이가 나온다. 아이에게는 친구가 고양이뿐이고 고양이에게는 친구가 아이뿐이다. 둘은 죽이 척척 맞는다. 고양이는 주인공을 따라 신문지 밑에 숨고, 문 뒤에도 숨고, 책상 아래나 옷장 속에도 숨는다. 그러다 어느 순간부터는 여자아이가 고양이를 따라 하기 시작한다. 둘은 하나가 되어 함께 논다. 집 안의 모든 공간이 둘만의 놀이터가 된다.

발터 벤야민은 〈미메시스 능력에 대하여〉를 통해 "어린아이들이 하는 놀이들은 도처에서 미메시스적 태도로 특정 지어지는데, 어린아이들의 놀이 영역은 어떤 한 사람이 다른 사람을 보고 모방하는 것에만 한정되어 있지 않다. 어린아이들은 성인이나 선생을 흉내 내는 것만이 아니라 물레방아나 기차도 흉내 내며 논다."라고 말했다. 어린이들은 놀이를 하며 주변의 사람이나 사물을 '모방'하고, 무의식적으로 그 힘을 활용한다는 것이다.

이 책의 여자아이도 자신과 가장 가까이에 있고 마음이 통하는 존재인 고양이를 흉내 내며 또 다른 친구들과의 세계로 뛰어들 연습을 한다.

어린아이들에게 모방은 당연하단 걸 몰랐던 시절, 조카를 혼낸 적이 있다. 모방에 대한 편견 때문이었다. 서울에서 대학을 다니다 여름방학을 맞아 고향에 내려간 때였다. 어른들이 일하러 나가 조카들을 대신 돌보는데, 둘째 조카가 놀이를 할 때마다 무작정 형들의 행동을 따라 하는 것이었다. 자기 나름의 방법으로 문제를 해결해야 독립적인 아이로 자란다고 생각한 나는, 신이 나서 노는 조카에게 "형들만 따라 하지 말고 너만의 방식을 생각해 봐!" 하며 야단을 쳤다.

당시의 나는 어린이를 어른과 똑같이 보고 편협한 시각과 잣대를 강요한 셈이다. 아이들은 놀이를 즐기는 과정에서 본능적으로 배워 나가는 데 말이다. 조카는 고모의 말을 한 귀로 듣고 한 귀로 흘렸을지 모르지만 나는 가끔 그날을 떠올리며 조카에게 미안해한다.

《고양이는 나만 따라 해》의 여자아이는 고양이의 유연함, 용맹함, 날렵함 등을 선망한다. 어른이 된 지금의 내가 모방하는 대상은 반대로 동네에서 마주치는 아이들이다. 그들의 웃음소리, 활기찬 에너지, 인사하는 모습, 사심 없는 태도, 동물을 향한 관심, 성장하는 힘, 친구들과 어울려 노는 모습, 동생을 대하는 태도 등을 배우고 모방한다. 그러면서 혼자 말한다. "아이들아, 너희의 힘을 내게 좀 빌려주렴!" 하고.

어른인 나에게도 선뜻 시작하기에 용기가 나지 않아 주저하는 일들이 있다. 그럴 때는 그림책의 여자아이처럼 다른 사람의 도움을 빌리곤 한다.

"고양이처럼 깜깜한 창밖을 찬찬히 살펴보는 거야. 그래도 무섭지 않아."

주인공은 마치 고양이의 눈을 빌린 것처럼 어두운 창밖을 가만히 주시한다. 내가 고양이라면 바깥세상도 무섭지 않을 거라고 생각한다. 그리고 마침내 고양이처럼 *"몸을 크게 부풀리고, 마음도 크게 부풀려"* 밖으로 나간다.

　그림책에는 여자아이가 신은 운동화가 아주 큼지막하고 탄탄하게 그려져 있다. 거친 돌바닥도 개의치 않고 거침없이 내달릴 수 있을 것처럼 보인다. 그런데도 고양이와 여자아이는 자신들을 둘러싼 야생화는 한 송이도 밟지 않는다.

지금 이 순간 그림책과 아이들을 모방하며 힘을 얻는 내가 있다. 그럼 나도 한번 밖으로 나가 볼까.

멋진 아이 곁에는 멋진 어른이 있다

– 〈가슴이 콕콕〉

하세가와 슈헤이 지음·김숙 옮김 | 북뱅크 | 2017년

하세가와 슈헤이의 그림책《가슴이 콕콕》에는 두 여자
아이가 나온다. 화자인 '나'와 '리리'라는 친구다. 표지
속 '나'는 근심에 찬 표정을 지으며 두 손을 가슴에 포개
고 있다. 무언가 가슴이 콕콕 쑤시는 일이 생긴 것이다.
반면 뒤표지에 등장하는 친구 리리는 야무진 표정이다.
표지 이미지만 봐도 두 친구가 판이한 성격임을 알 수
있다.

두 아이는 일요일에 만날 약속을 하고 헤어지지만, 휴대 전화가 없는 탓에 결국 만나지 못한다. '나'는 동물원 앞에서 친구를 40분이나 기다리다가 집으로 돌아가고, 뒤늦게 친구가 다른 곳에서 자신을 애타게 기다리고 있었다는 사실을 알게 된다. 서로의 말을 잘못 알아들은 것이다.

누구나 살면서 이런 일을 겪는다. 각자의 성격이나 돌발 상황, 몸 상태, 알 수 없는 이유로 의도치 않게 약속 시간이나 장소가 어긋나고 말뜻을 오해한다. 기대가 클수록 속상함도 커진다.

《가슴이 콕콕》에는 이렇듯 미묘한 친구 사이의 갈등이 섬세하게 담겨 있다. 친구 리리는 '나'를 향해 날것의 감정을 드러내며 윽박지르고 전화를 뚝 끊어 버린다. '나'는 서러움이 북받쳐 닭똥 같은 눈물을 뚝뚝 떨어뜨리며 도시락을 먹는다. 음식이 잘 넘어갈 리가 없다. 아니나 다를까, 주인공은 애써 친구 몫까지 싼 도시락을 조금밖에 먹지 못한다.

하지만 진짜 중요한 점은 '그 후에 어떻게 대처할 것인가'
이다. 이런 상황에서는 각자 자신의 감정에만 빠져 있기
때문에 적절한 대처를 하는 대신 상대를 탓하기 바쁘다.
이때 객관적으로 이야기를 들어주고 솔직하게 조언해
줄 존재가 필요하다. 그런 사람이 내 곁에 있느냐 없느
냐에 따라 삶의 질이 달라진다.

책 속 삼촌은 조카에게 "실수를 했구나." 하고 분명하
게 짚어 주고는, 문자 메시지나 전화 대신 꼭 만나서 눈
을 보고 사과하라며 방법까지 알려 준다. 조카에게 적절
한 조언을 하는 삼촌의 모습은 마치 드라마 주인공에게
반사판이 비출 때처럼 빛나 보인다.

아빠와 엄마의 모습도 멋지다. 아빠는 조용히 있다가
일이 마무리될 찰나 "그래, 앞으로는 뭐든 서로 잘 확인
하는 거다."라고 조용히 한마디 건네고, 엄마는 "저기 좀
봐. 달이 참 예쁘다."라며 모두의 긴장을 풀어 준다. 세
어른이 적재적소에서 자기 역할을 한 셈이다.

삼촌을 비롯한 주변의 멋진 어른들 덕분에 주인공은 먼

저 리리에게 다가가 사과한다. 리리도 사과를 받아 주며 자신의 감정을 솔직하게 고백한다.

되풀이해서 말하지만 아이 곁에 멋진 어른들이 있기에 가능한 일이다. 이렇게 오해를 푸는 과정을 통해 관계는 한 단계 더 발전한다.

친구의 좋은 점을 발견하는 순간

– 〈좀 별난 친구〉

사노 요코 지음·고향옥 옮김 | 비룡소 | 2013년

사노 요코의 그림책 《좀 별난 친구》는 진짜 친구를 찾아 나선 고양이의 이야기다. 할머니와 단둘이 사는 주인공 고양이는 어느 날 친구를 찾으러 나가겠다고 말한다. 할머니는 고양이가 좋아하는 콩밥과 생선구이로 만류하지만 고양이는 "나는요, 진짜 친구가 있으면 쥐도 잡을 수 있을지 몰라요. 날마다요."라며 자신감에 차 집을 나선다.

길을 나선 고양이는 신이 나 노래가 절로 나오고 힘이 펄펄 솟는다. 처음 만난 동물은 뱀이다. 마찬가지로 친구를 찾아 나섰던 뱀은 고양이를 만나 기뻐하지만, 고양이는 자기도 모르게 아주 바쁜 척을 한다. 그리고 심부름을 가는 것처럼 서둘러 걸음을 옮기며 본심을 토로한다.

> "휴우, 큰일 날 뻔했네. 난 진짜 친구를 찾으러 나왔는걸. 일부러 말이야. 저런 끈 같은 거 찾으러 온 게 아니라고."

고양이에게 뱀은 만족스러운 친구가 아니다. 드디어 마음에 드는 예쁜 고양이 두 마리를 발견한 고양이는 인사를 건넨다. 하지만 그 고양이들은 혈통서가 있는 좋은 집안 고양이하고만 사귄다며 주인공을 거들떠보지도 않는다. 고양이는 울고만 싶다.

이때 다시 만난 뱀과 고양이는 서로 슬픔, 위로, 실망감 등의 감정을 나눈다. 동시에 고양이는 뱀에게서 빛나는 파란 등과 하얀 배 같은 새로운 모습을 본다. 고양이가 친구의 아름다움을 발견하는 순간이다.

그렇다고 고양이와 뱀이 곧바로 친구가 되진 않는다. 사노 요코는 '진짜'는 그리 쉽게 찾을 수 없다는 것을 알고 있다. 뱀과 헤어져 다시 길을 나섰을 때 고양이는 '뭔가'를 만난다. 이 그림책에서 가장 난해하지만, 동시에 중요한 장면이다. 자신을 향해 달려드는 '뭔가'에 질겁한 고양이는 *"뭔가가 나를 잡아먹으러 와!"* 하고 소리 지르며 원래 방향으로 꽁지 빠지게 도망친다.

그림책에서 '뭔가'는 알 수 없는 형상으로 표현된다. 이 그림책을 아이들과 함께 읽는다면 아이들은 직감적으로 이 '뭔가'를 알아챌 것이다. 하지만 어른들은 그림책을 보고, 또 보면서 '뭔가'에 대해 생각해야 한다.

'뭔가'는 진짜 친구를 만날 생각에 신이 나 길을 나선 고양이가 경험하게 되는 실망감, 허망함, 체념, 분함, 낙심 등의 감정이 실체화된 것일 수도 있다. 뱀이 진짜 좋은 친구일지 모른다고 생각하면서도 자존심 때문에 헤어지고는 영원히 친구를 못 만들까 봐 불안해하는 마음일지도 모른다. 무의식이란 이름의 또 다른 무엇일 수도 있다. 아마도 '뭔가'는 그림책을 보는 사람에게 각기 다른 의미로 다가올 것이다.

《좀 별난 친구》의 일본어 원제목을 직역하면 《생선 한 마리 날것 그냥》이다. 고양이는 구운 생선을 좋아하는 데 비해, 뱀은 익히지 않은 날것을 좋아하기 때문이다. 그럼 '좀 별난 친구'라는 한국판 제목은 어디서 왔을까. 뱀과 함께 집으로 돌아온 고양이에게 할머니는 말한다.

"애야, 좀 별난 친구를 데려왔구나."
"생선 한 마리는 날것으로 그냥 주면 되지?"

생선을 날것으로 먹으면 어떻고, 끈을 닮은 별난 모습이면 어떠랴. 각자의 모습을 인정하고 자신이 좋아하는 대로 먹으면 그만이다.

고대 로마의 철학자 키케로는 *"우정은 미래를 향해 밝은 빛을 투사해 영혼이 넘어지지 않게 해 준다. 진정*

한 친구를 보는 사람은 자신의 영상(映像)을 보는 것이다."라고 말한다. 김애령 교수는《나는 어떻게 죽을 것인가》란 책에서 이를 인용하며 "완전한 우애는 서로 유사한 미덕을 가진 좋은 사람들 사이의 관계"라고 정의한다.

고양이와 뱀은 몸집이 다르고 식성도 다르지만 '유사한 미덕'을 지녔기에 서로의 영혼을 밝혀 주고, 좌절했어도 다시 길을 나아갈 수있도록 도와주며, 따뜻한 집에서 맛있는 음식을 나눠 먹는 관계가 된다. 이런 친구가 한 명이라도 곁에 있다면 성공한 인생 아닐까.

– 《메두사 엄마》

키티 크라우더 지음·김영미 옮김 | 논장 | 2018년

《메두사 엄마》는 엄마와 딸의 성장을 다룬 그림책이다. 아이를 홀로 낳아 키우는 메두사 엄마는 딸 이리제를 너무나 사랑해 기다랗고 노란 머리카락으로 칭칭 감싼 채 놓아주질 않는다.

"너는 나의 진주야. 내가 너의 조가비가 되어 줄게."

딸을 진심으로 사랑하는 메두사 엄마는 사실 머리카락으로 한꺼번에 여러 일을 해내는 능력자다. 이리제는 엄마의 머리카락 속에서만 생활한다. 엄마는 딸을 머리카락뿐 아니라 강력한 말과 행동으로 휘감는다.

둘만의 꿈 같은 생활은 이리제가 친구들과 함께하는 생활을 동경하면서 바뀌기 시작한다. 어느 날 이리제는 엄마에게 학교에 가고 싶다고 말한다. 엄마의 품에서 벗어나고자 하는 것이다. 엄마는 자신이 직접 가르칠 수 있다고 만류하지만, 딸은 자기 뜻을 굽히지 않는다.

"그럴 수도 있겠죠. 하지만 나는 다른 아이들과 함께 어울리고 싶어요."

성장하는 힘을 지닌 딸 이리제는 세상으로 나아갈 뿐 아니라, 자신만의 세상에 갇혀 있던 엄마마저 변하게 한다. 엄마에게 머리카락은 아이를 지키는 도구이자 자신을 지키는 도구다. 엄마는 딸을 위해 그런 머리카락을 걷어 낼 용기를 낸다. 엄마와 아이는 서로를 성장시키는 존재인 것이다.

그림책을 잘 들여다보면 엄마에게 용기를 주는 존재가
또 있다. 바로 마을 사람들이다. 메두사 엄마가 이리제
를 아무도 만지지 못하게 과보호해도, 마을 사람들은
"사랑스럽기도 하지!"라며 칭찬과 애정으로 두 사람의
곁을 떠나지 않는다. 엄마와 딸 주위로 모여든 마을 사
람들은, 나중에 밝혀지지만 이리제 학교 친구들의 부모
들이다.

　가타오카 이치타케는《라캉은 정신분석에 대해 이렇
게 말했습니다》라는 책을 통해, 아이가 건강하게 사회로
나아가기 위해선 '아버지의 이름'이 중요하며 "그것이 반
드시 실제의 아버지(자신의 아버지)일 필요는 없지만, 어
머니가 아버지의 존재를 완전히 인정하지 않는다면 아
이는 '아버지의 이름'을 가질 수 없게 된다."라고 말한다.

　다행스럽게도《메두사 엄마》속 마을에는 기꺼이 '아
버지의 이름'이 되어 주는 사람들이 존재한다. 메두사 엄
마와 딸 이리제 곁에 든든하게 함께하며 온몸으로 '괜찮

아, 걱정 안 해도 돼.'라고 표현한다. 아이들이 자라나고 세상에 속하도록 공동체가 돕는 것이다.

밑바닥에서 다시 시작해 본 사람은 안다. 일어서서 나아가고자 한다면, 도움의 손길을 내미는 사람이 있다는 사실을. '마녀'로 불린 메두사 엄마도 이제 더 성숙한 엄마이자 어른으로서 나아가는 길만 남았다. 그 길에는 성장하는 힘을 지닌 딸 이리제가 있고 아이를 사랑하는 동네 어른들이 존재한다. 무엇보다 메두사 엄마 자신이 무궁무진한 가능성과 잠재력을 지녔다.

'무지갯빛의'라는 의미를 지닌 이리제의 이름처럼, 모녀의 앞날은 밝고 영롱하다.

여전히 내일을 기다리는 이유

나는 어렸을 때부터 빨리 어른이 되고 싶었고 혼자 꾸려 나가는 삶을 꿈꾸었다.

그때의 바람처럼 나는 이제 어른이고 혼자다. 나름대로 혼자인 삶을 즐기며 잘 버텨 왔지만 어느 날인가부터 사회와 좀 더 부딪히고, 그 안에 속하고 싶다는 바람이 생겼다.

'과연 내가 사회에 제대로 편입될 수 있을까.', '그렇다면 어떤 능력으로 가능할까.' 이 책은 바로 이러한 고민의 구체적인 표현이다.

한때는 환상 같은 미래를 꿈꾸기도 했다. 그 환상은 나를 고무시키고 움직이게 만들었다. 하지만 이 책에는 내가 직면한 현실이 담겨 있다. 가난한 지금을 오롯이 살아 내며 고개를 돌리지 않았더니 이 책에 실을 글들을 얻을 수 있었다.

지금의 내가 기다리는 미래는 더 이상 환상처럼 대단하지 않다. '내일은 어떻게 살 것인가'란 문제에서 크게 벗어나지 않는다. 하지만 이 고민이 나를 변하게 하고, 나아가게 만든다. 하루하루를 충실하게 채우도록 돕는다.

새로운 시작이 하나의 매듭을 맺는 지금, 나는 또 다른 시작을 준비하고 있다. 이것이 바로 내가 여전히 내일을 기다리는 이유이다.

감사의 글

이 책이 쓰이고 나오기까지 글동무인 이애리 선생님의 도움이 컸다. 큰 감사를 올린다.

책으로 엮을 수 있도록 균형을 잡아 주고, 보다 나은 글을 쓸 수 있도록 방향을 제시해 준 출판사 편집부에도 깊은 감사를 드린다.

작고한 다섯 분께 이 글을 바친다.

창작의 길로 들어섰을 때 도움을 주신 분이 많다. 먼저 편집자였던 신유순 선생님이다. 선생님이 계셨기에 나는 스스로 글을 쓸 수 있었다. 선생님은 위암, 자궁암 두 번의 암 진단을 받으셨지만 모든 치료에 적극적으로 임하셨다. 직장을 그만두기 직전, 선생님은 고난에 찬 투병 이야기를 덤덤하게 들려주셨다. 그 와중에 손수 만드신 팥 주머니라든가 삶에 대한 철학이 담긴 엽서도 보내 주셨다. 나는 이것들을 보며 종종 선생님을 생각한다.

일본에서 많은 도움을 주셨던 두 분이 지난해 돌아가셨다는 것을 알게 됐다. 한 분은 박사 과정 시절 머문 하숙집 주인인 후나야마 아사코 선생님, 그리고 한 분은 유학 시절 내내 친언니와 같은 존재였던 와타나베 사에 선생님이다. 후나야마 아사코 선생님은 세계 각국의 유학생들에게 자신의 집을 제공하고, 타인을 위해 평생 헌신하신 분이다. 와타나베 사에 선생님은 지역 사회에 적극적으로 참여하며 재일 교포에 대한 남다른 관심으로 박사 논문까지 쓰셨다.

그리고 마지막으로 유학을 떠날 수 있도록 도와주신, 일본어를 같이 공부한 김형순 선생님과 생면부지의 유학생의 신원 보증인이 되어 주신 하라 도키코 선생님께 고마운 마음을 전하고 싶다.

하라 도키코 선생님은 일본 생활에 필요한 대부분의 생필품을 챙겨 주셨다. 내가 석사 과정에 들어갈 즈음, 도키코 선생님은 뇌졸중을 일으켜서 반신을 쓸 수 없게 되었다. 나는 일요일마다 선생님 댁을 방문하여 집을 청소하고, 이야기를 나누고, 같이 점심을 먹고, 반려견을 산책시켰다.

출중한 실력으로 동네 문화 센터 등에서 일본어를 가르치신 김형순 선생님과의 인연은 한국으로 돌아와서도 계속됐다.

존경하고 사랑하는 다섯 분과 함께한 나날과 정신은, 언제까지나 내 안에 뚜렷이 남아 있을 것이다.

그림책

- 《가슴이 콕콕》하세가와 슈헤이 지음·김숙 옮김 | 북뱅크 |
  2017년
- 《고양이는 나만 따라 해》권윤덕 지음 | 창비 | 2005년
- 《메두사 엄마》키티 크라우더 지음·김영미 옮김 | 논장 |
  2018년
- 《우리 가족》하세가와 슈헤이 지음·김영순 옮김 | 문학과지
  성사 | 2016년
- 《좀 별난 친구》사노 요코 지음·고향옥 옮김 | 비룡소 |
  2013년

단행본

- 《나는 어떻게 죽을 것인가》강영안, 김애령 등 공저 | 21세
  기북스 | 2015년
- 《라캉은 정신분석에 대해 이렇게 말했습니다》가타오카 이
  치타케 지음·임창석 옮김 | 이학사 | 2019년
- 《언어 일반과 인간의 언어에 대하여/번역자의 과제 외》발
  터 벤야민 지음·최성민 옮김 | 길 | 2008년

죠리퐁은 있는데 우유가 없다 | 죠리퐁 에디션

초판 1쇄 발행	2022년 5월 27일
초판 3쇄 발행	2023년 7월 3일

지은이	강이랑
펴낸이	허대우

편집	이정은, 한혜인
디자인	도미솔
영업·마케팅	도건홍, 김은석, 양아람
경영지원	박상민, 안보람, 김병수, 황정웅

펴낸곳	㈜좋은생각사람들
주소	서울시 마포구 월드컵북로22 영준빌딩 2층
이메일	book@positive.co.kr
출판등록	2004년 8월 4일 제2004-000184호

ISBN 979-11-87033-85-1 (03810)

좋은생각은 긍정, 희망, 사랑, 위로, 즐거움을 불어넣는 책을 만듭니다.

positivebook_insta   www.positive.co.kr